新日檢最大變革：等化計分

● **什麼是「等化計分」？**

2010 年起，日檢考試採行新制。「新制日檢」最大的變革，除了「題型」，就是「計分方式」。

【舊日檢】：每個題目有固定的配分，加總答對題目的配分，即為總得分。

【新日檢】：改採「等化計分」（日語稱為「尺度得点」しゃくどとくてん）

（1）每個題目沒有固定的配分，而是將該次考試所有考生的答題結果經過統計學的「等化計算」後，分配出每題的配分。加總答對題目的配分，即為總得分。

（2）「等化計算」的配分原則：

> 多人錯的題目（**難題**） ➡ 配分 高

> 多人對的題目（**易題**） ➡ 配分 低

● **「等化計分」的影響**

【如果考生實力足夠】：

　　多人錯的題目（難題）答對較多 ＝ 答對較多「配分高的題目」，

　　→ 總得分可能較高，較有可能 ┃合格┃。

【如果考生實力較差】：

　　多人對的題目（易題）答對較多 ＝ 答對較多「配分低的題目」，

　　→ 總得分可能偏低，較有可能 ┃不合格┃。

● **如何因應「等化計分」？**

因此，在「等化計分」之下，想要應試合格：

（1）必須掌握「一般程度」的題目→ ┃多數人會的，你一定要會！┃

（2）必須掌握「稍有難度」的題目→ ┃多數人可能不會的，你也一定要會！┃

答對多人錯的難題是得高分的關鍵！ （*等化計分圖解說明，請參考下頁）

「等化計分」圖解說明

● **配分方式**

假設此 10 題中：
【多人錯的題目】：2、4、7（定義為難題）
【多人對的題目】：1、3、5、6、8、9、10（定義為易題）

經過等化計算後：

■ 2、4、7 會給予【較高配分】　　■ 其他題則給予【較低配分】

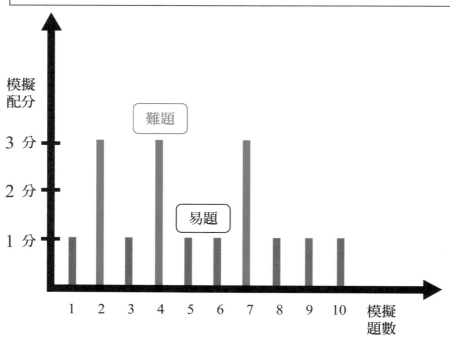

● **得分結果**

■ 考生 A：答對 3 題配分高的【難題】，其他都答錯，
　　　　　獲得 3 x 3 = **9** 分

■ 考生 B：答對 7 題配分低的【易題】，其他都答錯，
　　　　　獲得 1 x 7 = **7** 分

【結論】
答對題數多，未必得分高；答對多人錯的難題，才是高分的關鍵！

本書因應「等化計分」的具體作法

● 根據最新【JLPT 官方問題集】，精研新制考題真實趨勢，力求100% 真實模擬！

　　日檢考試自 2010 年採行新制後，主辦官方除依循自訂的命題原則，也會統計歷年考試結果，並結合國際趨勢，不斷調整命題方向。

　　本書由兩位具 10 年以上教學經驗，同時是日檢考用書暢銷作家的日籍老師，精研最新【JLPT 官方問題集】，反覆研究命題趨勢、分析命題原則，並特別納入與「日本人日常生活緊密結合」的各類詞彙、慣用表達，具體落實新日檢「有效溝通、靈活運用、達成目標」之命題原則。精心編寫 5 回全新內容、最吻合現行日檢考試的標準模擬試題。用心掌握新日檢題型、題數、命題趨勢，力求 100% 真實模擬！

● 以「日本生活常見，課本未必學到」為難題標準！

　　新日檢考試重視「能夠解決問題、達成目標的語言能力」。例如，能夠一邊看地圖一邊前往目的地；能夠一邊閱讀說明書一邊使用家電；能夠在聽氣象報告時，掌握「晴、陰、雨」等字彙，並理解「明天天氣晴」等文型結構。因此考題中所使用的文字、語彙、文型、文法，都朝向「解決日常生活實質問題」、「與日本人的實際生活緊密相關」為原則。測驗考生能否跳脫死背，將語言落實應用於日常生活中。

　　但學習過程中，教科書所提供的內容，未必完全涵蓋日本人生活中全面使用的文字，書本所學語彙也可能在生活中又出現更多元的用法。為了彌補「看書學習，活用度可能不足」的缺點，作者特別將「日本生活常見」的內容納入試題，而這也是新日檢命題最重視的目標。包含：

　　※「日本人們經常在說，課本未必學到」的詞彙及慣用表達
　　※「日本生活經常使用，課本未必學到」的詞彙及慣用表達
　　※「日本報紙經常看到，課本未必學到」的詞彙及慣用表達

● 各題型安排 20%～30% 難題，培養考生「多人錯的難題、我能答對」的實力！

　　在等化計分的原則下，「答對多人錯的難題是得高分的關鍵」！本書特別以此為「模擬重點」。「言語知識、讀解、聽解」各科目，各題型均安排 20%～30% 難題，讓考生實際進考場前，能夠同時模擬作答「多數人會的＋多數人可能不會的」兩種難易度的題型內容。

【試題本：全科目 5 回】
完全根據最新：JLPT官方問題集

各題型「暗藏」
20%～30% 難題：
- 模擬正式考試樣貌，
  難題不做特別標示

根據新制命題趨勢
題型、題數，
100% 真實模擬！
重視：
- 有效溝通、靈活運用
- 題型更靈活
- 強調「聽・讀」能力

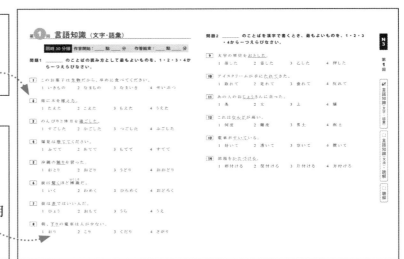

【解析本：題題解析】
加註：難題標示・難題原因

各題型「明示」
20%～30% 難題：
- 如該題型題數 8 題
  → 安排 2-3 題難題

- 如該題型題數 13 題
  → 安排 3-4 題難題

難題標示
難題：
以特別顏色做出標示

難題原因
包含：
- 歸屬難題的原因
- 解題關鍵
- 延伸補充重點內容

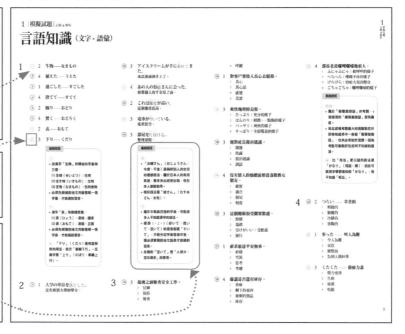

●【試題本】：模擬正式考題樣貌；【解析本】：標示出難題原因、詳述解題關鍵！

【試題本】：模擬正式考題的樣貌，「難題」不做特別標示。

【解析本】：將「難題」用特別顏色標示，考前衝刺重點複習也非常方便！

◎〔非難題〕：題題解析，剖析誤答陷阱，詳盡易懂

◎〔難　題〕：說明屬於難題的原因、困難點、答題關鍵、並補充延伸學習內容

各題型均安排 20%～30% 難題，原則舉例說明如下：

※ N3【問題 1：漢字發音】：總題數 8 題 → 安排 2～3 題難題

※ N3【文法問題 1：句子語法】：總題數 13 題 → 安排 3～4 題難題

※ N3【讀解問題 5：內容理解】：總題數 6 題 → 安排 1～2 題難題

●【聽解 MP3】逼真完備：唸題速度、停頓秒數、對話氛圍，真實模擬官方考題！

　　因應新日檢「有效溝通、靈活運用」的命題趨勢，聽解科目也較舊制生動活潑。除了有「日本人生活中的常體日語對話」、「音便的省略說法」，也有難度較高的「新聞播報」、「人物訪談」、「論述性對話內容」等。

◎N3【聽解】科目包含 5 種題型：

問題 1【課題理解】：聽題目→實境對話→提示題目→最後作答

問題 2【重點理解】：聽題目→（時間暫停）看答案紙選項→實境對話→提示題目→最後作答

問題 3【概要理解】：實境對話→聽題目→最後作答

問題 4【發話表現】：看圖片所指人物→聽題目→選出該人物適當發言

問題 5【即時應答】：聽短句日文→選出正確應答

　　本書【聽解 MP3】內容逼真完備，唸題速度、停頓秒數、對話氛圍等，均 100% 真實模擬【JLPT 官方問題集】。測驗時宛如親臨考場，藉由模擬試題完全熟悉正式考題的速度。應試前充分暖身，親臨考場自然得以從容應試，一次合格！

●超值雙書裝：【試題本】＋【解析本】，作答、核對答案最方便！

　　本書特別將【試題本】及【解析本】分別裝訂成兩本書，讀者可單獨使用【試題本】作答，單獨使用【解析本】核對答案及學習，使用時更加輕巧方便。

新日檢考試制度

　　日檢考試於 2010 年 7 月起改變題型、級數、及計分方式，由原本的一到四級，改為一到五級，並將級數名稱改為N1～N5。滿分由 400 分變更為 180 分，計分方式改採國際性測驗的「等化計分」，亦即依題目難度計分，並維持原有的紙筆測驗方式。

　　採行新制的原因，是因為舊制二、三級之間的難度差距太大，所以新制於二、三級之間多設一級，難度也介於兩級之間。而原先的一級則擴大考試範圍、並提高難度。

1.　新日檢的【級數】：

2009 年為止的【舊制】		2010 年開始的【新制】
1 級	→	N1（難度略高於舊制 1 級）
2 級	→	N2（相當於舊制 2 級）
	→	N3（難度介於舊制 2 級和 3 級之間）
3 級	→	N4（相當於舊制 3 級）
4 級	→	N5（相當於舊制 4 級）

2.　新日檢的【測驗科目】：

級數	測驗科目 （測驗時間）		聽解 （測驗時間）
N1	言語知識（文字・語彙・文法）・読解 （110分鐘）		聴解 （60分鐘）
N2	言語知識（文字・語彙・文法）・読解 （105分鐘）		聴解 （50分鐘）
N3	言語知識（文字・語彙） （30分鐘）	言語知識（文法）・読解 （70分鐘）	聴解 （40分鐘）
N4	言語知識（文字・語彙） （30分鐘）	言語知識（文法）・読解 （60分鐘）	聴解 （35分鐘）
N5	言語知識（文字・語彙） （25分鐘）	言語知識（文法）・読解 （50分鐘）	聴解 （30分鐘）

　　另外，以往日檢試題於測驗後隔年春季即公開出版，但實行新制後，將每隔一定期間集結考題以問題集的形式出版。

3. 報考各級參考標準

級數	報考各級參考標準
N1	**能理解各種場合所使用的日語** 【讀】1. 能閱讀內容多元、或論述性稍微複雜或抽象的文章，例如：報紙、雜誌評論等，並能了解文章結構與內容。 2. 能閱讀探討各種話題、並具深度的讀物，了解事件脈絡及細微的含意表達。 【聽】在各種場合聽到一般速度且連貫的對話、新聞、演講時，能充分理解內容、人物關係、論述結構，並能掌握要點。
N2	**能理解日常生活日語，對於各種場合所使用的日語也有約略概念** 【讀】1. 能閱讀報紙、雜誌所刊載的主題明確的文章，例如話題廣泛的報導、解說、簡單評論等。 2. 能閱讀探討一般話題的讀物，了解事件脈絡及含意表達。 【聽】日常生活之外，在各種場合聽到接近一般速度且連貫的對話及新聞時，能理解話題內容、人物關係，並能掌握要點。
N3	**對於日常生活中所使用的日語有約略概念** 【讀】1. 能看懂與日常生活話題相關的具體文章，閱讀報紙標題等資訊時能掌握要點。 2. 日常生活中接觸難度稍大的文章時，如改變陳述方法就能理解重點。 【聽】日常生活中聽到接近一般速度且連貫的對話時，稍微整合對話內容及人物關係等資訊後，就能大致理解內容。
N4	**能理解基礎日語** 【讀】能看懂以基本詞彙、漢字所描述的貼近日常生活話題的文章。 【聽】能大致聽懂速度稍慢的日常對話。
N5	**對於基礎日語有約略概念** 【讀】能看懂以平假名、片假名、或是常用於日常生活的基本漢字所寫的句型、短文及文章。 【聽】課堂、或日常生活中，聽到速度較慢的簡短對話時，能聽懂必要的資訊。

4. 台灣區新日檢報考資訊

（1）**實施機構**：財團法人語言訓練測驗中心（02）2362-6385

（2）**測驗日期**：每年舉行兩次測驗

第一次：7 月第一個星期日，舉行 N1、N2、N3、N4、N5 考試。

第二次：12 月第一個星期日，舉行 N1、N2、N3、N4、N5 考試。

（3）**測驗地點**：於台北、台中、高雄三地同時舉行。

（4）**報名時間**：第一次：約在 4 月初 ～ 4 月中旬。

第二次：約在 9 月初 ～ 9 月中旬。

（5）**報名方式**：一律採取網路報名 http://www.lttc.ntu.edu.tw/JLPT.htm

5. 報考流程：

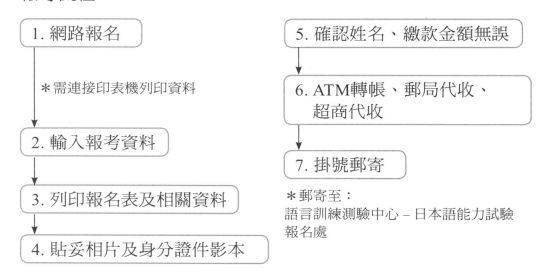

1. 網路報名

＊需連接印表機列印資料

2. 輸入報考資料

3. 列印報名表及相關資料

4. 貼妥相片及身分證件影本

5. 確認姓名、繳款金額無誤

6. ATM轉帳、郵局代收、超商代收

7. 掛號郵寄

＊郵寄至：
語言訓練測驗中心 – 日本語能力試驗報名處

6. 考場規定事項：

(1) **必備物品**：准考證、國民身分證或有效期限內之護照或駕照正本、No.2或HB黑色鉛筆、橡皮擦。

(2) **考場內嚴禁物品**：不得攜帶書籍、紙張、尺、鉛筆盒、眼鏡盒、皮包，以及任何具有通訊、攝影、錄音、記憶、發聲等功能之器材及物品（如行動電話、呼叫器、收錄音機、MP3、鬧鐘/錶、翻譯機）等入座。若攜帶上述電子設備，須關閉電源並置於教室前面地板上。

(3) **身分核對**：進入試場後須依准考證號碼就座，並將准考證與身分證件置於監試人員指定處，以便查驗。

(4) **確認答案紙**：作答前，須核對答案紙及試題紙左上方之號碼是否與准考證號碼相符，如有錯誤，應立即舉手要求更換。並應確認答案紙上姓名之英文拼音是否正確，若有錯誤，應當場向監試人員提出更正。

(5) **入場時間**：【聽解】科目於開始播放試題時，即不得入場。其他科目則於測驗開始超過10分鐘，即不得入場。

(6) **其他**：測驗未開始不可提前作答，測驗中不得提前交卷或中途離場，也不得攜帶試題紙、答案紙出場，或意圖錄音、錄影傳送試題。

（＊規定事項可能隨時更新，詳細應考須知請至：財團法人語言訓練中心 網站查詢）

新日檢 N3 題型概要（資料來源：2012年「日本語能力試驗公式問題集」）

測驗科目 （測驗時間）			問題		小題數	測驗內容	題型說明頁碼
言語知識 （30分）	文字‧語彙	1	漢字發音	◇	8	選出底線漢字的正確發音	P10
		2	漢字寫法	◇	6	選出底線假名的漢字	P11
		3	文脈規定	○	9	根據句意填入適當的詞彙	P12
		4	近義替換	○	5	選出與底線文字意義相近的詞彙	P13
		5	詞彙用法	○	5	選出主題詞彙的正確用法	P14
言語知識‧讀解 （70分）	文法	1	句子語法 1 （語法判斷）	○	13	選出符合句意的文法表現	P15
		2	句子語法 2 （文句重組）	◆	5	組合出文法正確且句意通達的句子	P16
		3	文章語法	◆	5	根據文章脈絡填入適當的詞彙	P17
	讀解	4	內容理解 （短篇文章）	○	4	閱讀150~200字左右與生活、工作相關的短篇文章，並理解其內容	P18
		5	內容理解 （中篇文章）	○	6	閱讀350字左右與解說、隨筆相關的中篇文章，並理解因果關係及關鍵要點	P19
		6	內容理解 （長篇文章）	○	4	閱讀550字左右與解說、隨筆、書信相關的文章，並理解概要及理論推演	P20
		7	資訊檢索	◆	2	從廣告、簡介等資料（約600字左右）找尋答題必要資訊	P21
聽解 （40分）		1	課題理解	◇	6	測驗應試者是否理解解決具體課題的必要資訊，並理解何者為恰當因應	P22
		2	重點理解	◇	6	事先會提示某一重點，並圍繞此一重點不斷討論，測驗應試者是否全盤理解	P23
		3	概要理解	◇	3	測驗應試者是否理解說話者的意圖與主張	P24
		4	發話表現	◆	4	一邊看插圖、一邊聽狀況說明，並選出箭頭所指者的適當發言	P25
		5	即時應答	◆	8	聽到簡短的問話，選出恰當的應答	P26

※ 表格內符號說明：

    ◆：全新題型   ○：舊制原有題型   ◇：舊制原有題型，但稍做變化。

※「小題數」為預估值，正式考試可能會有所增減。

※「読解」科目也可能出現一篇文章搭配數個小題的題目。

新日檢 N3 題型說明 & 應試對策

文字・語彙 問題 1 漢字發音

● 小題數：8 題
● 測驗內容：選出底線漢字的正確發音

【問題例】

> **5** 彼女は人も<u>羨む</u>生活をしている。
>   1 のぞむ　　　2 ねたむ　　　3 あわれむ　　4 うらやむ
>
> **6** 雪の<u>影響</u>で電車が止まった。
>   1 えいきょう　2 えいきゅう　3 えいぎょう　4 えいぎゅう

【應試對策】

面對題目要「快答」：
新制考試中，漢字發音已非考題重點，【文字・語彙】科目中有許多靈活的題型會耗費你較多時間，所以【問題 1】這種單純的考題一定要「快答」，不要猶豫太久而浪費時間，不會的題目先跳過。

要注意「濁音、半濁音、拗音、促音、長音」
這些發音細節一定是必考題，面臨猶豫、無法確定時，通常，相信自己的第一個直覺答對的機率較高。

「發音有三個以上假名的漢字」是舊制常考題，新制應該也不例外。
「羨む」、「占う」都是屬於這一類的漢字，一個漢字的發音有三個假名。平常準備時就要注意假名的前後順序，不要漏記任何一個假名。

新日檢 N3 題型說明 & 應試對策

文字・語彙 問題 2	漢字寫法

● 小題數：6 題
● 測驗內容：選出底線假名的漢字

【問題例】

---

9 大学の単位を<u>おとした</u>。

　　1 落した　　　2 音した　　　3 乙した　　　4 押した

10 アイスクリームが手に<u>たれて</u>きた。

　　1 取れて　　　2 足れて　　　3 垂れて　　　4 反れて

【應試對策】

面對題目要「快答」：

如前所述，發音題已非新制考試重點，【文字・語彙】科目中有許多靈活的題型會耗費你較多時間，所以和【問題 1】一樣，要「快答」、不會的題目先跳過。

要注意「特殊發音」、「訓讀」的漢字

「音讀」的漢字，容易猜對發音，而「訓讀」的漢字，就得花些時間記熟。對於「特殊發音」的漢字，不妨日積月累、隨時記錄下來，成為自己的特殊字庫。

別誤入陷阱，有些根本是中文，日文裡沒有這樣的漢字！

別受中文的影響，有些看來非常正常的詞彙，在日文裡是「無此字」的。給你的建議是，選項裡你從沒看過的漢字詞彙，極可能是日文裡不存在的，成為正解的機率不高。

新日檢 N3 題型說明 & 應試對策

| 文字・語彙　問題 3 | 文脈規定 |

● 小題數：9 題
● 測驗內容：根據句意填入適當的詞彙

【問題例】

---

17 長髪を（　　　　）とカットした。
ちょうはつ

　1　たっぷり　　　2　ほんのり　　　3　バッサリ　　　4　すっぽり

18 彼は社長に（　　　　）した。

　1　開発　　　　　2　発覚　　　　　3　進言　　　　　4　訓示
　　　　　　　　　　　　　　　　　　　しんげん　　　　くんじ

【應試對策】

必須填入符合句意的詞彙，主要是測驗你的單字量、單字理解力是否充足！
作答此題型，是否理解題目和選項的意義，是答對的關鍵。如果看不懂題目和選項，幾乎只能依賴選項刪去法和猜題的好運氣了。

N3 屬中級，選項也可能出現「擬聲語」、「擬態語」。

四個選項中，如果有兩者的意義非常接近，可能是正解的方向！
如果有兩個選項意義非常接近，可能其中一個是正解，另一個是故意誤導你的。

如果四個選項皆為「漢字」，小心誤入意義陷阱！
本題型選項的漢字，通常會具有「與中文字意完全不同」的特質，所以千萬別以中文的思考來解讀，平常應多記一些這種「無法見字辨意」的漢字詞彙。

新日檢 N3 題型說明 & 應試對策

文字・語彙　問題 4　近義替換

● 小題數：5 題
● 測驗內容：選出與底線文字意義相近的詞彙

【問題例】

> **25** あの人には本当に<u>参った</u>。
>
> 　　1　困った　　　　2　交際した　　　3　助けられた　　4　よくしてあげた
>
> **26** もう<u>くたくた</u>だ。
>
> 　　1　元気　　　　　2　病気　　　　　3　疲れた　　　　4　おなか一杯

【應試對策】

並非選出「可代換底線的字」，而是要選出「與底線意義相同的字」！
有些選項是屬於「可代換的字」，意即置入底線的位置，接續和文法完全正確，但這並非正解，務必選出與底線「意義相同的字」。

先確認底線文字的意義，或從前後文推敲出底線文字的意義。

平時可透過自我聯想，在腦中累積「同義字資料庫」！
此題型宛如「選出同義字」。為了考試合格，平時不妨善用聯想法，先想一個主題字，試試自己能夠聯想到哪些同義字。或建立「同義字資料庫」，先寫下主題字，再逐步記錄、累積意思相近的詞彙，如此不僅能應付本題型，對於其他題型一定也大有助益。

新日檢 N3 題型說明 & 應試對策

文字・語彙　問題 5　　詞彙用法

● 小題數：5 題
● 測驗內容：選出主題詞彙的正確用法

【問題例】

> **30**　おかげ
>
> 1　木の<u>おかげ</u>で涼む。
>
> 2　一人の成功の<u>おかげ</u>にはたくさんの人の支えがある。
>
> 3　地震の<u>おかげ</u>で街が倒壊した。
>
> 4　多くの人の支援の<u>おかげ</u>で復興できた。

【應試對策】

考題會出現一個主題詞彙，從選項中，選出主題詞彙所構成的正確句子。
作答時必須先了解主題詞彙的意義，再從四個選項中，選出「使用無誤」的句子。

查字典時不要只看單字意義，還要看例句、了解用法！
本題型屬於「單字意義與用法並重」的題型，如果是死背單字、不深究用法的考生，一定會備感困難。平時查字典時，就要養成閱讀字意，也閱讀例句的習慣，同時了解意義與用法，本題型就難不倒你！

越常見的單字，用法越廣泛、字意越多樣，要特別注意！
越常見的詞彙，往往字意、用法越廣泛多樣。例如「まずい」這個字，就有「不好吃、技術不佳、不恰當」等三種含意，唯有「不死背單字，務求理解」才能突破此種題型。

新日檢 N3 題型說明 & 應試對策

文法　問題 1 　句子語法 1（語法判斷）

● 小題數：13 題
● 測驗內容：選出符合句意的文法表現

【問題例】

---

2 あなたの言う（　　　）人について、私は知らない。

　　1　この　　　　　　2　その　　　　　　3　あの　　　　　4　どの

3 彼女の部下に対する態度は教育（　　　）いじめだ。

　　1　と言うより　　　2　のみならなく　　3　しているから　　4　だけではなく

【應試對策】

選項多為：字尾差異、接續詞、助詞（格助詞、副助詞…等）

考題的重點在於助詞與文法接續，是許多人最苦惱的抽象概念！
日語的助詞、接續詞等，往往本身只具有抽象概念，一旦置入句中，才產生具體而完整的意義，這就是本題型的測驗關鍵。一般而言，閱讀量夠、日語語感好的人，比較容易答對本題型。

做模擬試題時，不要答對了就滿足，還要知道「錯誤選項為什麼是錯的」！
本書針對模擬試題的錯誤選項也做了詳盡解析，逐一閱讀絕對能體會這些抽象概念的接續意含，提升日語語感。

平時閱讀文章時，最好將助詞、接續詞、字尾變化的部分特別圈選起來，並從中體會前後文的接續用法！

新日檢 N3 題型說明 & 應試對策

文法　問題2　句子語法2（文句重組）

● 小題數：5 題
● 測驗內容：組合出文法正確且句意通達的句子

【問題例】

> | 14 | 次に ＿＿＿＿＿ ＿＿＿＿＿ ＿★＿ ＿＿＿＿＿ ほしい。 |
> | --- | --- |
> | | 1　時は　　　　　2　連絡して　　　3　来る　　　　4　あらかじめ |
>
> | 15 | 前回は ＿★＿ ＿＿＿＿＿ ＿＿＿＿＿ ＿＿＿＿＿。必ず勝つ。 |
> | --- | --- |
> | | 1　今回は　　　　2　いかない　　　3　そうは　　　4　負けたが |

【應試對策】

此為舊制沒有的新題型，必須選出「★的位置，該放哪一個選項」。

建議 1：四個選項中，先找出「兩個可能前後接續」的選項，再處理其他兩個。

建議 2：也可以先看問題句前段，找出「最適合第一個底線」的選項。
處理後，剩下的三個選項再兩兩配對，最後一個選項則視情況調整。

問題句重組完成後，務必從頭至尾再次確認句意是否通順。

要記得，答案卡要畫的，是放在★位置的選項號碼。

新日檢 N3 題型說明 & 應試對策

文法 問題 3 文章語法

● 小題數：5 題
● 測驗內容：根據文章脈絡填入適當的詞彙

【問題例】（以下為部分內容）

> 私は、インドからの留学生です。
>
> 私の家は貧乏ではありませんが、物価が高い日本に留学するため 19 に
>
> お金をためました。日本に来たのは、東洋の先進国だったから、日本語や日
>
> 本の文化を学びたいと思いました。

【應試對策】

── 此為舊制沒有的新題型，一篇文章中有 5 個空格，要選出空格的恰當詞彙。

── 所謂的「恰當詞彙」，是指「吻合文意走向的詞彙」，並非以單一句子來判斷。

── 作答前務必瀏覽整篇文章，並在文意轉折處註記，可節省之後找線索的時間。

── 瀏覽文章時，可先預想、並記下空格內的可能詞彙（用中文或日文記錄都可以）。

── 要從前後文推敲空格內的可能詞彙，不要只聚焦在空格所在的那一個句子。
本題型的正確選項，必須「合乎文章脈絡發展」，千萬不要只看單一句子，以為文法接續正確就是正解。

── 一個句子也可能需要填入兩個空格，文中會以 小題號-a 和 小題號-b 的形式呈現，這種情形一定要選擇同時吻合 a、b 兩個空格的選項，不要只判斷其中一個空格就倉促作答。

新日檢 N3 題型說明 & 應試對策

| 読解　問題 4 | 內容理解（短篇文章） |

● 小題數：4 題
● 測驗內容：閱讀 150～200 字左右與【生活、工作】相關的短篇文章，並理解其內容。

【問題例】（以下為部分內容）

> ビタミンとは体に必要な栄養です。
>
> ビタミンは、いろいろな種類があります。
>
> ビタミンA～みずみずしくなります。うなぎ、バター、牛乳などに多く含まれ、
>
> ひふやかみの毛に効果があります。

【應試對策】

建議先看題目和選項，再閱讀文章。
先看題目：能夠預先掌握考題重點，閱讀文章時，就能邊閱讀、邊找答案。
先看選項：有助於預先概括了解短文的內容。

閱讀文章時，可以將與題目無關的內容畫線刪除，有助於聚焦找答案。

務必看清問題、正確解讀題意，否則都是白費工夫。

本題型的題目通常會「針對某一點」提問，可能的方向為：
・這是什麼？　正確的敘述是什麼？
・與文章相符的是哪一個？　文章中的「…」是指什麼？

新日檢 N3 題型說明 & 應試對策

| 読解　問題 5 | 內容理解（中篇文章）

● 小題數：6 題
● 測驗內容：閱讀 350 字左右與【解說、隨筆】相關的中篇文章，並理解因果關係及關鍵要點。

【問題例】（以下為部分內容）

> （1）日本の神社ではよくおみくじを売っている。
>
> 　で、もしおみくじ屋のオヤジが「全部大吉だよっ」などと言って売ろうとしたら売れるだろうか？
>
> 　「あら、そんなおみくじだったら大吉を引いてもありがたくないわ」そう思うだろう。

【應試對策】

―― 一篇文章可能考三個問題，問題會以「綜合性的全盤觀點」提問。

―― 建議先閱讀題目，並稍微瀏覽選項，可以預先概括了解文章內容。

―― 可從文章脈絡掌握重點
本題型的文章通常有一定的脈絡。第一段：陳述主題。中間段落：舉實例陳述、或是經驗談。最後一段：結論。

―― 本題型可能的方向為：
・文章中所指的是什麼？
・文章中提到的，其原因是什麼？
・文章中提到的，作者為什麼這樣認為？

新日檢 N3 題型說明 & 應試對策

| 読解　問題 6 | 內容理解（長篇文章）|

● 小題數：4 題
● 測驗內容：閱讀 550 字左右與【解說、隨筆、書信】相關的文
　　　　　　章，並理解概要及理論推演

【問題例】（以下為部分內容）

　　芸能人というと歌手やシンガーソングライターなどの音楽業界、男優女優などの
演劇業界、お笑いなどの芸人業界が一緒になっている。
　　これらは一括して「芸能界」と言われ、①それぞれ棲み分けたり共同作業をした
りして業界をなしている。
　　しかし、それぞれの生存条件はまったくちがうと言っていい。
　　生存が一番厳しいのは俳優業である。

【應試對策】

一篇長文可能考四個問題，文章中的底線文字即為出題的依據。

這是【読解】科目中最具難度的題型，文章字數多，並有主張明確的評論性概念，
必須細心解讀。

文章可能包含作者的主張、思緒、想法，並用比喻的方式表達。

因文章內容廣泛多元，建議應瀏覽整篇文章再作答，不能只在乎底線文字的相關線
索。

新日檢 N3 題型說明 & 應試對策

| 読解　問題 7 | 資訊檢索 |

●小題數：2 題
●測驗內容：從【廣告、簡介】等資料（約 600 字左右）找尋答
　　　　　　題必要資訊。

【問題例】（以下為部分內容）

◆ 阿部氏　カルチャーセンター ◆
（あべし）

| 茶道（お茶） | 火曜 | ２１：００〜２２：００ | １００００円（月） |
| 華道（お花） | 水曜 | １４：００〜１５：００ | ７０００円（月） |

◆ 日出部　カルチャーセンター ◆
（ひでぶ）

| 書道 | 土曜 | １５：３０〜１７：００ | ７０００円（月） |
| 絵画 | 土曜 | ２０：００〜２１：３０ | ８０００円（月） |

【應試對策】

──── 此為舊制所沒有的新題型，必須從所附資料尋找答題資訊。

──── 測驗重點並非文章理解力，而在於解讀資訊的「關鍵字理解力」。

──── 建議先看題目掌握問題方向，再從所附資料找答案，不需要花時間鑽研全部資料。

──── 也不建議直接瀏覽所附的資料，最好一邊看題目，一邊從所附資料中找線索。

新日檢 N3 題型說明 & 應試對策

| 聽解 問題 1 | 課題理解 |

- 小題數：6 題
- 測驗內容：測驗應試者是否理解解決具體課題的必要資訊，並理解何者為恰當因應。

【問題例】

1番

1 古いしりょうを使って明日までにかく

2 新しいしりょうを使って来週以降にかく

3 図をわかりやすくする

4 図を大きくする

【應試對策】

試卷上部分題目會印出「圖」和「選項」，部分只有「選項」。

全部流程是：
音效後開始題型說明 → 音效後題目開始 → 聆聽說明文及「問題」 → 約間隔 1～2 秒後聽解全文開始 → 全文結束，音效後再重複一次「問題」 → 有 12 秒的答題時間，之後便進入下一題。

可能考的問題是「是哪一位、時間要多久、是什麼東西」等，記得一邊聽、並做筆記。

新日檢 N3 題型說明 & 應試對策

聴解　問題 2　重點理解

● 小題數：6 題
● 測驗內容：事先會提示某一重點，並圍繞此一重點不斷討論，
　　　　　　 測驗應試者是否全盤理解。

【問題例】

2番

1　落ち着いている感じがして期待できるから
2　安全な感じがして期待できるから
3　危ない感じがして期待できるから
4　今までと違ったことをしてくれそうだから

【應試對策】

──── 試卷上只會看到選項，沒有圖，某些題目的選項文字可能比較多。

──── 全部流程是：
音效後開始題型說明 → 音效後題目開始 → 聆聽說明文及「問題」 → 暫停 20 秒
（讓考生閱讀選項）→ 音效後聽解全文開始 → 全文結束，音效後再重複一次「問
題」 → 有 12 秒的答題時間，之後便進入下一題。

──── 前後各會聽到一次「問題」。聽解全文有單人獨白，也可能有兩人對話。

──── 一定要善用說明文之後的 20 秒仔細閱讀選項、並比較差異。聆聽全文時，要特別
留意有關選項的內容。

新日檢 N3 題型說明 & 應試對策

聽解 問題 3	概要理解

● 小題數：3 題
● 測驗內容：測驗應試者是否理解說話者的意圖與主張。

【問題例】

問題3 ◎ 04

問題 3 では、問題用紙に何もいんさつされていません。この問題は、ぜんたいとしてどんなないようかを聞く問題です。話の前に質問はありません。まず話を聞いてください。それから、質問とせんたくしを聞いて、1から4の中から、最もよいものを一つえらんでください。

―メモ―

【應試對策】

試卷上沒有任何文字，問題、選項都要用聽的。

「問題」只聽到一次，而且是在聽解全文結束後才唸出「問題」，並非先知道「問題」再聽全文，是難度較高的聽解題型。

全部流程是：
音效後開始題型說明 → 音效後題目開始 → 聆聽說明文 → 約間隔 1 ～ 2 秒後聽解全文開始 → 全文結束，音效後唸出「問題」 → 問題之後開始唸出選項 → 4 個選項唸完後有 8 秒的答題時間，之後便進入下一題。

聽解全文有單人或兩人陳述，多為表達看法或主張。聆聽全文時還不知道要考的問題為何，所以務必要多做筆記。

新日檢 N3 題型說明 & 應試對策

聽解 │ 問題 4 │ 發話表現

● 小題數：4 題
● 測驗內容：一邊看插圖、一邊聽狀況說明，並選出箭頭所指者
　　　　　　的適當發言。

【問題例】

もんだい
問題4 ◎ 05

もんだい　　　　　　　　　え　み　　　　　　しつもん　き　　　　　　　　　　　　　　　　ひと
問題4では、えを見ながら質問を聞いてください。やじるし（→）の人は
なん　い　　　　　　　　　　　　　　　なか　　　　もっと　　　　　　　ひと
何と言いますか。1から3の中から、最もよいものを一つえらんでくださ
い。

ばん
1番

【應試對策】

──此為舊制沒有的新題型，試卷上只有「圖」，問題、選項都要用聽的。

──圖片多為兩個人物，某一人物上方會有一個箭頭。聽完說明文及問題後，必須選出
箭頭所指者的適當發言與回應。

──說明文內容不多，多半陳述人物關係與當時情境，之後就緊接著唸出問題，務必專
心聽，才不會遺漏。

──全部流程是：
音效後開始題型說明 → 音效後題目開始 → 聆聽說明文及問題 → 聽到選項 1 ～ 3
的數字及內容 → 10 秒的答題時間，之後便進入下一題。

新日檢 N3 題型說明 & 應試對策

即時應答

● 小題數：8 題
● 測驗內容：聽到簡短的問話，選出恰當的應答。

【問題例】

もんだい
問題5 ◎ 06

もんだい   もんだいようし   なに   ぶん き
問題5では、問題用紙に何もいんさつされていません。まず文を聞いてく
ださい。それから、そのへんじを聞いて、１から3の中から、最もよいも
                     なか   もっと
     ひと
のを一つえらんでください。

―メモ―

【應試對策】

試卷上沒有任何文字，問題、選項都要用聽的。

是舊制所沒有的新題型。先聽到一人發言，接著用聽的選擇「正確的回應選項」。

全部流程是：
音效後開始題型說明 → 音效後題目開始 → 聽到一人發言 → 聽到選項 1 ～ 3 的數
字及內容 → 8 秒的答題時間，之後便進入下一題。

本題型主要測驗日語中的正確應答，並可能出現日本人的生活口語表達法。

須留意「對話雙方的身分」、「對話場合」、「首先發言者的確切語意」，才能選
出正確的回應。

新日檢 N3｜標準模擬試題

目錄 ●

第 **1** 回

言語知識（文字・語彙）

—

言語知識（文法）・読解

—

聴解

—

第 **1** 回　言語知識（文字・語彙）

限時 30 分鐘　作答開始：＿＿＿ 點 ＿＿＿ 分　　作答結束：＿＿＿ 點 ＿＿＿ 分

問題1 ＿＿＿＿＿＿ のことばの読み方として最もよいものを、1・2・3・4 から一つえらびなさい。

---

1 このお菓子は生物だから、早めに食べてください。

1　いきもの　　　2　なまもの　　　3　なまいき　　　4　せいぶつ

2 庭に木を植えた。

1　たえた　　　2　こえた　　　3　もえた　　　4　うえた

3 のんびりと休日を過ごした。

1　すごした　　　2　かごした　　　3　つごした　　　4　ふごした

4 偏見は捨ててください。

1　ふてて　　　2　あてて　　　3　もてて　　　4　すてて

5 沖縄の踊りを習った。

1　おとり　　　2　おどり　　　3　うどり　　　4　おおどり

6 彼は驚くほど博識だ。
（はくしき）

1　いく　　　2　わめく　　　3　ひらめく　　　4　おどろく

7 彼は表ではいい人だ。

1　ひょう　　　2　おもて　　　3　うら　　　4　うえ

8 朝、下りの電車は人が少ない。

1　おり　　　2　こり　　　3　くだり　　　4　さがり

問題2 _____ のことばを漢字で書くとき、最もよいものを、1・2・3・4から一つえらびなさい。

9 大学の単位をおとした。

1 落した 　　2 音した 　　3 乙した 　　4 押した

10 アイスクリームが手にたれてきた。

1 取れて 　　2 足れて 　　3 垂れて 　　4 反れて

11 あの人のおじょうさんに会った。

1 条 　　2 丈 　　3 上 　　4 嬢

12 これはなんどが高い。

1 何度 　　2 難度 　　3 男土 　　4 南土

13 電車がすいている。

1 好いて 　　2 透いて 　　3 空いて 　　4 置いて

14 部屋をかたづける。

1 形付ける 　　2 型付ける 　　3 片付ける 　　4 方付ける

問題3 （　　　）に入れるのに最もよいものを、1・2・3・4から一つえ
らびなさい。

言語知識（文字・語彙）

言語知識（文法）・読解

聴解

15 離陸前に安全を（　　　）する。

1 チャック　　　2 キープ　　　3 チェック　　　4 アピール

16 お客さんには、（　　　）を込めてサービスをする。

1 真心　　　2 本音　　　3 思い　　　4 本気

17 長髪を（　　　）とカットした。

1 たっぷり　　　2 ほんのり　　　3 バッサリ　　　4 すっぽり

18 彼は社長に（　　　）した。

1 開発　　　2 発覚　　　3 進言　　　4 訓示

19 恋人のいない彼は、実は（　　　）な女好きだという噂だ。

1 確実　　　2 適当　　　3 親切　　　4 相当

20 この手品は観客からの（　　　）がいい。

1 乗り　　　2 返し　　　3 受け　　　4 押し

21 旅の無事を（　　　）。

1 いのった　　　2 のろった　　　3 おもった　　　4 かんがえた

22 （　　　）があるかどうか見てみる。

1 倉庫　　　2 残り物　　　3 残品　　　4 在庫

23 部長はいつも（　　　）とうるさい。

1 ふにゃふにゃ　　　　　　　　2 へらへら
3 げらげら　　　　　　　　　　4 ごちゃごちゃ

問題4 ＿＿＿＿＿ に意味が最も近いものを、1・2・3・4から一つえらびなさい。

24 精神的に つらい 立場にある。

    1 楽な   2 大変な   3 冷静な   4 客観的な

25 あの人には本当に 参った。

    1 困った   2 交際した   3 助けられた   4 よくしてあげた

26 もう くたくた だ。

    1 元気   2 病気   3 疲れた   4 おなか一杯

27 彼は 律儀 だ。

    1 礼儀正しい   2 常識的
    3 頭がいい   4 早寝早起きをする

28 テーブルを ひっくりかえした。

    1 安く買った   2 高く売った   3 キレイにした   4 逆さまにした

問題5 つぎのことばの使い方として最もよいものを、1・2・3・4から
一つえらびなさい。

29 かざる

1 彼女はまわりをともだちでかざっている。

2 私の仕事はいそがしくかざっている。

3 本屋に本をかざって売っている。

4 花瓶に花をかざる。

30 おかげ

1 木のおかげで涼む。

2 一人の成功のおかげにはたくさんの人の支えがある。

3 地震のおかげで街が倒壊した。

4 多くの人の支援のおかげで復興できた。

31 盛ん

1 不潔にしているとゴキブリが盛んになる。

2 彼は友達が盛んだ。

3 ブラジルはサッカーが盛んだ。

4 盛んな料理をご馳走になった。

32 いまだに

1 電車はいまだに来るだろう。

2 彼はいまだに最新式のパソコンを使っている。

3 彼はいまだに携帯を持っていない。

4 明日試験なのでいまだに勉強します。

33 あくまで

1 彼女はあくまで信念を貫く。

2 会議はあくまで続いた。

3 休みの日はあくまで寝る。

4 勉強したのにあくまでわからない。

限時 70 分鐘 | 作答開始：＿＿＿ 點 ＿＿＿ 分　　作答結束：＿＿＿ 點 ＿＿＿ 分

問題1　つぎの文の（　　）に入れるのに最もよいものを、1・2・3・4から一つえらびなさい。

1 家庭料理なら和洋中（　　）作れる。

1　何も　　　　　　2　何にも　　　　　3　何とも　　　　　4　何でも

2 あなたの言う（　　）人について、私は知らない。

1　この　　　　　　2　その　　　　　　3　あの　　　　　　4　どの

3 彼女の部下に対する態度は教育（　　）いじめだ。

1　と言うより　　　2　のみならなく　　3　しているから　　4　だけではなく

4 ライト兄弟は何度も挫折（　ざせつ　）（　　）、最後には成功した。

1　することなく　　　　　　　　　　　2　せずにはいられないほど
3　するほどだったので　　　　　　　　4　したにもかかわらず

5 （　　）、彼の処置は適切とは思えない。

1　間違ってはいるが　　　　　　　　　2　間違っていそうだか
3　間違ってはいないが　　　　　　　　4　間違っていないのに

6 20歳（　　）お酒を飲んではいけない。

1　までも　　　　　2　までは　　　　　3　まだ　　　　　　4　までに

7 学校を卒業してから（　　）、どう生きるかは自分で決める。

1　前は　　　　　　2　先は　　　　　　3　までが　　　　　4　後ろは

8 耐震構造（たいしん）が本当に安全（　　）わからない。

1　なので　　　　　2　でないとは　　　3　であっても　　　4　かどうかは

9 私はUFO（　　）を見たことがあります。

1　みたいなもの　　2　のように　　　　3　ようなもの　　　4　らしく

10 電話を（　　　）、電池が切れていてかけられない。

  1　かけたくても　　　2　かけたがるが　　　3　かかってみるけど　　　4　かかってきて

11 多くの子供は小学校から塾に（　　　）かわいそうだ。

  1　行きたくて　　　2　行かれて　　　3　行かされて　　　4　行かさせて

12 お客「ネクタイ売り場はどこですか？」

　　店員「四階に（　　　）。」

  1　いらっしゃいます　　　　　　　2　ございます
  3　です　　　　　　　　　　　　　4　行ってください

13 雨の（　　　）で延期になった。

  1　こと　　　　　　2　とき　　　　　　3　ほう　　　　　　4　せい

問題2　つぎの文の＿＿＿★＿＿＿に入る最もよいものを、1・2・3・4から一つ えらびなさい。

14　次に ＿＿＿＿＿ ＿＿＿＿＿ ＿＿★＿＿ ＿＿＿＿＿ ほしい。

　　1　時は　　　　　2　連絡して　　　3　来る　　　　　4　あらかじめ

15　前回は ＿＿★＿＿ ＿＿＿＿＿ ＿＿＿＿＿ ＿＿＿＿＿ 。必ず勝つ。

　　1　今回は　　　　2　いかない　　　3　そうは　　　　4　負けたが

16　日本人 ＿＿＿＿＿ ＿＿＿＿＿ ＿＿＿＿＿ ＿＿★＿＿ たくさんいる。

　　1　上手な　　　　2　日本語が　　　3　以上に　　　　4　外国人が

17　色々と ＿＿＿＿＿ ＿＿★＿＿ ＿＿＿＿＿ ＿＿＿＿＿ おくることにした。

　　1　お世話に　　　2　高価な　　　　3　なったので　　4　お礼を

18　この ＿＿＿＿＿ ＿＿＿＿＿ ＿＿＿＿＿ ＿＿★＿＿ 楽しめる。

　　1　子供まで　　　2　遊園地は　　　3　みんなが　　　4　大人から

問題3　つぎの文章を読んで、文章全体の内容を考えて　19　から　23　の中に入る最もよいものを、1・2・3・4から一つえらびなさい。

下の文章は、インドのダルシムさんが書いた演説のための下書きです。

日本でびっくりした事

ダルシム

　私は、インドからの留学生です。

　私の家は貧乏ではありませんが、物価が高い日本に留学するため　19　にお金をためました。日本に来たのは、東洋の先進国だったから、日本語や日本の文化を学びたいと思いました。

　でも、日本に来てビックリしたことがあります。コンビニなどで、まだ食べられるものを回収していることです。聞くと、後で捨てるのだそうです。私の国は貧しい人が多いので、食べ物を捨てるなんてショックでした。「捨てる　20　私にください」と言いたかったです。でも、インド人はみんなこじきだと　21　のでやめました。

　またテレビでは大食い大会とか言って食べることを競技にしています。不必要な食べ物を無理やりつめ込んで、それを見て笑っているのです。私には、どこが面白いのかさっぱり理解できません。日本は食べ物がよほど余ってるんだなと思いました。今日捨てても明日またたくさん作れるからいいや、そう思っているのでしょう。

　だけど、食べ物や水は毎日必要なものです。今たくさんあると思っても、なにかの　22　に作れなくなったらすぐに日本中が飢えるでしょう。食べ物は、牛とか鳥とか野菜とか、みんな生きるために殺されたのです。捨ててしまうと言うことは命を捨てると言うことです。私の国は仏教の　23　なので、絶対に許せないことだと思います。

19

1 怪死   2 決死   3 必死   4 急死

20

1 から   2 なら   3 ので   4 まで

21

1 思っている   2 思わない   3 思わせる   4 思われる

22

1 拍子   2 調子   3 様子   4 因子

23

1 穴場   2 本場   3 広場   4 馬場

問題4 つぎの (1) から (4) の文章を読んで、質問に答えなさい。答えは、
1・2・3・4から最もよいものを一つえらびなさい。

（1）

　「食後」と指示された薬を飲むタイミングは、食事をしたすぐあとではなく

30分ほど経ったあとに飲むのが正解。

　食事をしたあとすぐに薬を飲むと、胃で消化された食べ物と薬が混ざり、胃

では吸収されなくなってしまうのだ。

　食後30分程度経ったあとであれば、食べ物の消化が終わり、胃酸の量も

少なくなっているので、薬の成分がよりスムーズに吸収される。

（ネットニュースより）

24 　「食後」の意味はどう解釈するのが適当か。

1　満腹した後。

2　空腹になった時。

3　食べ物の消化が終わった後。

4　口の中に食べ物が残っていない時。

（2）

なんでもそうだが、うまい人がやると簡単そうに見える。

どうして簡単そうに見えるのか？それは無駄な動きをしないからだ。

必要なところを必要な分だけ動かす。余計なところは動かさない。

そうして完成された動きは無駄が削られ、いたって単純なものになる。

それを外から見ると簡単そうに見えるのだが、もっとも単純な動きの中に、必要な機能が備わっている。だから素人が真似しようとしてもできないのだ。

（田育学「スポーツ上達論」育英社より）

25 筆者によれば、素人は上手な人の動きをどう思うか。

1 素人の目には上手に見える。

2 素人の目には上手か下手かは判別できない。

3 その動作が簡単であることがわかる。

4 その動作が簡単ではないことがわからない。

（3）

日本に肥満が少ない理由として、日本食は量が少ないことを挙げた。日本人は小さな器を用いることを好むとともに、「腹八分目」という言葉を紹介した。

また日本食独特の味噌汁は、ビタミンE、カルシウム、ミネラルが豊富に含まれていると紹介。

このほか、「料理」という言葉が持つ「素材に上手に手を加える」という意味や、素材の新鮮さ、質感を生かす芸術的技法について触れ「日本料理は非常に考えられたものだということがわかる」と論じた。

（ネットニュースより）

26 筆者の言う日本料理をまとめると、どれが正しいか。

1 日本料理は素材を生かし栄養豊富で、量を少なく食べる。

2 日本料理は生の食材を使うので栄養が豊富で、たくさん食べても太らない。

3 日本料理は栄養が豊富なので、食べ過ぎると太る。

4 日本料理は素材を生かすが、おいしくないのであまりたくさん食べられない。

（4）

田中さんの机の上に、同僚の山岡さんからのメモが置いてある。

田中さん

昨日広田さんというお客さんから連絡がありました。今日コンピューターを取りにくるそうです。お客さんに渡すまえに、問題がないことを確認してください。コンピューターは、修理部の一番奥の机の上にあります。修理はもう終わっています。それを受付に持っていって、テストしてもらってください。テストはお客さんにしてもらってください。問題がなければ、渡して代金をもらってください。よろしくお願いします。

---

[27] お客さんが来たとき、田中さんは何をしなければなりませんか。

1　コンピューターをテストする。

2　お客さんに代金を渡す。

3　お客さんを修理部に連れていく。

4　お客さんにテストをお願いする。

**問題5　つぎの (1) と (2) の文章を読んで、質問に答えなさい。答えは、1
・2・3・4から最もよいものを一つえらびなさい。**

（1）日本の神社ではよくおみくじを売っている。

　で、もしおみくじ屋のオヤジが「全部大吉だよっ」などと言って売ろうとしたら売れるだろうか？

　「あら、そんなおみくじだったら大吉を引いてもありがたくないわ」そう思うだろう。

　誰だって「凶」だの「大凶」だのは引きたくない。しかし、もし「凶」だの「大凶」だのがなければ「吉」も「大吉」も価値がなくなってしまうのだ。

　人生においてもそれは同じ。誰だってイヤな目には遭いたくないし、いいことばっかりだったらいいなあと思う。だが、もしいいことばかりならその「いいこと」は価値を失うのだ。それが当たり前になってしまったら、ありがたいとも幸せだとも思わなくなる。

　人間として生きている限り、すべての幸も不幸も暫時的なものに過ぎない。

　しかしだからこそ、よけいに価値があるものなのだ。

　　　　　　　　　（南斗優香「生きるとはこの世を旅すること」晴海書房より）

28　おみくじの中身が全部大吉だった場合、価値を失うのはなぜか。

　　1　スリルがなくなるから。

　　2　結果がわかってしまうから。

　　3　大吉が平均化されるから。

　　4　自分だけ幸せでいたいから。

29 筆者は、幸せに感じない人はどうしてだと思っているか。

1 この世は不幸なことが多いから。

2 自分より幸せな人が多いから。

3 人は不幸をより強く感じるものだから。

4 多くの幸せを当り前だと思って見過ごしているから。

30 筆者は「幸も不幸も暫時的（ざんじ）」というのはなぜか。

1 幸も不幸も慣れれば何も感じなくなるから。

2 幸も不幸も長くは続かないから。

3 幸と不幸はつながっているから。

4 人間はいつか死ぬから。

（2）最近では整形がはやっている。女性として美しくなりたいからと言う理由から見れば、別に意義はない。それは、化粧をするのとレベル的に同等だからである。どっちにしても素顔（すがお）ではないと言う点では同じだ。

また「そんな外見を磨くよりも中身を磨け」と言って、知性や教養を推奨（すいしょう）する人も多い。それにも意義はない。それも人間として必要なものだからである。

しかし私ならばただ「造詣（ぞうけい）を美しくするより、表情を美しくしなさい」とアドバイスする。

顔の造作（ぞうさ）はあなたに属するものではない。親からもらったものであり、借り物でしかない。しかし表情は心が表れる。

表情がよければ造作（ぞうさ）がどうあれ、とてもいい顔に見えるものだ。

心はあなたに属するもの。だから造作（ぞうさ）とちがい、いつでもどこでも好きなだけ変えられるのだ。

心の状態をよくするだけで、あなたの顔は何倍にも魅力的に見える。

（春原優「美容の秘訣100選」容麗出版より）

31 筆者は整形についてはどう思っているか。

1　絶対にしない方がよい。

2　するのは自由だが、さして重要ではない。

3　外見に自信がないなら、どんどんするべきだ。

4　整形は親を裏切る行為だ。

32 筆者は知性や教養についてはどう思っているか。

1　人間として一番大切である。

2　外見の美しさの方が重要だ。

3　持っていて普通のものだ。

4　まったく重要ではない。

33 筆者の論点と合うものはどれか。

1 心が美しい人の顔は魅力的だ。

2 知性や教養は顔に現れる。

3 外見だけの美は意味がない。

4 美しさはまず外見から始まる。

問題6　つぎの文章を読んで、質問に答えなさい。答えは、1・2・3・4から最もよいものを一つえらびなさい。

子供の頃、「姿三四郎」のドラマを家族で見ていた。

主人公三四郎の最初の強敵・檜垣源之助は最初はとても冷酷で非情な人間だった。それが三四郎との対戦で、敗北をきっかけに人間的に大きく成長し①心の温かい無二の親友となってしまうのである。

私にはそれが解せなかった。だから、ある日父に聞いた。

「あんな悪党がこんな善人になってしまうことなんて、実際にあるの？」と。

私は父が「あれはドラマだから」とでも答えるのだろうと予想していた。ところが②実際の答えは実に意外だった。父はこういった。

「昔から『悪に強き者は善にも強し』と言う諺がある。どんな大悪人でも聖人でも、根底に流れるものはみんな同じなのだ。」と。

ちんぷんかんぷんな私に、更に続けて言った。

「例えば綺麗な花を見たとき、心で思うことはみな一緒。ただ、思ってからどうするか？その価値観が変化するだけだ。」

この例えは私にもわかりやすかった。

美しい花を見たとき、誰でも美しいと思う。では、その花をどうするか？

踏みにじるか、折り取って持って帰るか、それともそのままにしておくか？

それは個人の価値観や経験で変化する。綺麗な花を踏みにじったり折り取ったりする人が、そのままに咲かせておこうと行動が変わっても、心の中は別に変わってはいない。しかし傍目には、③悪人が善人になったように映るのだろう。どちらにせよ、美しい花に感銘を受けるその心は終生同じである。

反対に、どんなに綺麗な花を見ても何も感じない人は、悪人にも善人にもなれない人なのだ。

（遠藤習作「幼少の頃」啓英社より）

34 ①心の温かい無二の親友となってしまう展開を見て、筆者はどう思ったか。

 1 悪役の変わり身の早さに感心した。

 2 悪い人でも心から変われると思い感動した。

 3 悪い人は心から変われないからまた悪人に戻ると思った。

 4 現実にはありえないウソくさい展開だと感じた。

35 ②実際の答えは実に意外だったとあるが、そう思ったのはなぜか。

 1 父の解説をまったく理解できなかったから。

 2 ドラマは結局作り物だと思い知らされたから。

 3 悪人と善人は根底から違うと思っていたから。

 4 悪人が善人になることにはやはり賛同できなかったから。

36 ③悪人が善人になったように映るのはなぜか。

 1 表面の行ないだけを見ているから。

 2 心の底から変化していることに気づかないから。

 3 実際には悪人が善人になることはないから。

 4 ドラマではありえないことを脚本に書くから。

37 『悪に強き者は善にも強し』となるために必要なことは何か。

 1 日頃から善を心がけること。

 2 失敗をきっかけに人間的に成長すること。

 3 何を見ても動じない心を持つこと。

 4 美しいものを美しいと感じる心があること。

48

問題7　つぎのページは、ある銀行の「口座開設申込案内」である。これを読んで、下の質問に答えなさい。答えは、1・2・3・4から最もよいものを一つえらびなさい。

台湾人の陳さんは日本に留学しています。今度、日本で銀行の口座を作りたいので聞いてみました。

38　内容に関して、まちがっているのはどれですか。

1　テレビ窓口は、外国人も利用できる。

2　外国人は、土日と祝日はテレビ窓口を利用できない。

3　テレビ窓口は、最初に申込書を書かなくてもいい。

4　外国人は、パスポート以外の身分証明は使えない。

39　陳さんができないのは次のどれですか。

1　日本の運転免許を身分証明に使う。

2　平日の15:00に、テレビ窓口に行く。

3　平日の営業時間に受付で手続きする。

4　必要書類を郵送で申請する。

（續下頁）

必要な書類：
申込用紙・身分証明書（パスポートか免許証など本人を確認できるもの、コピー可）・外国人登録証（コピー可）

方法：
受付あるいはテレビ窓口（＊１）でお申込みいただけます
（＊１）テレビ電話により、お手続きをご案内いたします。

テレビ窓口の利点：

便利その１	平日はもちろん、土曜・祝日も１８時までご利用可能！
	窓口が閉まったあとでもご利用いただけるので、翌日に出直す必要はありません。 ショッピングやお勤め帰りにも手続きができ、日中お忙しい方にピッタリ。
便利その２	手続も簡単！
	お申し出いただいた内容をもとに申込書をプリントアウトするので記入の必要なし。
便利その３	個室で、プライバシーにも配慮^{はいりょ}！
	周囲を気にせず、個室スペースでゆっくりとご相談いただけます。

本銀行のテレビ窓口営業時間：
ロビー内 ATM（現金引き出し機）コーナー
＜平日＞ ９：００〜１８：００（＊２）（＊３）
＜土日・祝日＞ １０：００〜１８：００

（＊２）平日９：００〜１５：００は、運転免許証以外の本人確認書類でもお手続きいただけます。
（＊３）平日９：００〜１２：００は外国人の方も申し込みができますが、時間外は店頭の受付または郵送で申し込んで下さい。

問題1　◎ 02

問題1では、まず質問を聞いてください。それから話を聞いて、問題用紙の1から4の中から、最もよいものを一つえらんでください。

1番

1　古いしりょうを使って明日までにかく

2　新しいしりょうを使って来週以降にかく

3　図をわかりやすくする

4　図を大きくする

2番

1　くろいお皿とピンクのお皿

2　コップと白いお皿

3　コップとくろいお皿

4　コップとくろいお皿とピンクのお皿

3番

1　魚の切り身4つ、たまねぎ2つ、にんじん3本

2　魚の切り身4つ、たまねぎ1つ、にんじん3本、大根1本

3　魚の切り身4つ、にんじん3本、唐辛子1パック、大根1本

4　魚の切り身4つ、たまねぎ1つ、にんじん3本

4番

1　エクセルでしりょうを作成する

2　倉吉きょうじゅの部屋に行く

3　電話する

4　プリントアウトする

5番

1　西浜口駅まえのスーパーのちゅうしゃじょう

2　西浜口駅うら

3　浜口駅うら

4　浜口駅まえのスーパーのちゅうしゃじょう

6番

ア

イ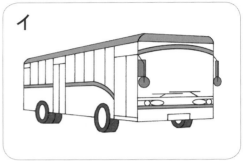

ウ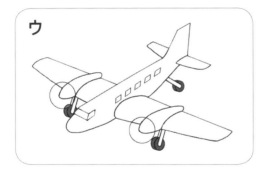

エ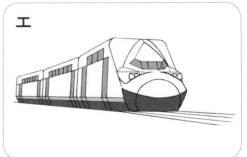

オ

1　オ、　ウ、　イ

2　エ、　イ、　ア

3　オ、　エ、　ウ

4　イ、　ウ、　ア

問題2 ◎ 03

問題2では、まず質問を聞いてください。そのあと、問題用紙を見てください。読む時間があります。それから話を聞いて、問題用紙の1から4の中から、最もよいものを一つえらんでください。

1番

1 遅くなるから

2 早く帰って寝たほうがいいから

3 今日はうちに帰れそうにないから

4 女の人が待ってくれないから

2番

1 落ち着いている感じがして期待できるから

2 安全な感じがして期待できるから

3 危ない感じがして期待できるから

4 今までと違ったことをしてくれそうだから

3番

1 料理の量は少ないけど、おいしいから

2 クラス会に来る人は、みんな質より量だから

3 クラス会に来る人は、みんな味にうるさい人だから

4 クラス会に来る人は、みんなあまり食べないから

4番

1 6月11日までのチケットは4割引にならないから

2 6月11日までのチケットがなかったから

3 6月13日のチケットが割引がないから

4 6月23日のチケットしかないから

5番

1 会社が大きいから

2 会社は大きくはないが安定しているから

3 給料はよくないが会社は大きいから

4 会社が大きくて安定しているから

6番

1 移動する習慣がないから

2 いろいろな料理を作って食べるから

3 いろんな食器を持っているから

4 物がどんどん増えるから

問題3 ◎ 04

問題3では、問題用紙に何もいんさつされていません。この問題は、ぜんたいとしてどんなないようかを聞く問題です。話の前に質問はありません。まず話を聞いてください。それから、質問とせんたくしを聞いて、1から4の中から、最もよいものを一つえらんでください。

―メモ―

1番

2番

3番

問題4 ◎ 05

問題4では、えを見ながら質問を聞いてください。やじるし（→）の人は何と言いますか。1から3の中から、最もよいものを一つえらんでください。

1番

2番

3 番

4 番

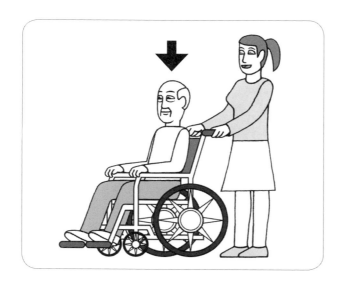

問題5 ⊚ 06

問題5では、問題用紙に何もいんさつされていません。まず文を聞いてください。それから、そのへんじを聞いて、1から3の中から、最もよいものを一つえらんでください。

―メモ―

1番

2番

3番

4番

5番

6番

7番

8番

第 ❷ 回

言語知識（文字・語彙）
—

言語知識（文法）・読解
—

聴解
—

限時 30 分鐘　作答開始：＿＿＿點＿＿＿分　　作答結束：＿＿＿點＿＿＿分

問題1 ＿＿＿＿＿ のことばの読み方として最もよいものを、1・2・3・4 から一つえらびなさい。

1 部屋に花を<u>飾る</u>。

1　がさる　　　　2　さがる　　　　3　かざる　　　　4　かさる

2 彼女の制服姿は<u>初々しい</u>。

1　しらじらしい　　　　　　　2　ういういしい
3　うやうやしい　　　　　　　4　うらやましい

3 パーティーはおおいに<u>盛り上がった</u>。

1　とりあがった　　　　　　　2　もりあがった
3　のりあがった　　　　　　　4　おりあがった

4 恵まれない人に<u>援助</u>をする。

1　ほうじょ　　　　2　えんじょ　　　　3　きゅうじょ　　　　4　ほじょ

5 子供に<u>土産</u>を買った。

1　どさん　　　　2　みやげ　　　　3　つちさん　　　　4　つちうみ

6 それは<u>嘘</u>だ。

1　うそ　　　　2　そう　　　　3　ぞう　　　　4　きょ

7 血管の血が青く<u>透けて</u>見える。

1　とけて　　　　2　うけて　　　　3　あけて　　　　4　すけて

8 <u>大勢</u>で押しかけた。

1　たぜい　　　　2　おおせい　　　　3　おおぜい　　　　4　たいせい

63

問題2 ＿＿＿＿ のことばを漢字で書くとき、最もよいものを、1・2・3・4から一つえらびなさい。

9 仕事を<u>うけたまわった</u>。

　　1 受け賜った　　　　　　　　　2 浮け球わった
　　3 受け球わった　　　　　　　　4 承った

10 彼は<u>えらぶる</u>ことなく謙虚(けんきょ)だ。

　　1 偉ぶる　　　　2 選ぶる　　　　3 威張る　　　　4 荒ぶる

11 残業も仕事の<u>うち</u>だ。

　　1 内　　　　　2 家　　　　　3 外　　　　　4 他

12 向こうから<u>おれて</u>あやまってきた。

　　1 折れて　　　　2 連れて　　　　3 切れて　　　　4 俺て

13 失敗からは<u>える</u>ところがおおい。

　　1 減る　　　　2 経る　　　　3 獲る　　　　4 得る

14 仕事の<u>うちあわせ</u>をした。

　　1 撃ち合わせ　　　　　　　　　2 打ち合せ
　　3 内合わせ　　　　　　　　　　4 家合わせ

64

問題3（　　　　）に入れるのに最もよいものを、1・2・3・4から一つえらびなさい。

15 病気の（　　　　）で、病院に行った。
1 お返し　　　2 お呼ばれ　　　3 お礼参り　　　4 お見舞い

16 （　　　　）で午後のお茶を飲む。
1 ティー　　　2 カフェ　　　3 ビュッフェ　　　4 ホステス

17 語源には（　　　　）があってはっきりしていない。
1 広義（こうぎ）　　　2 定説　　　3 諸説（しょせつ）　　　4 解説

18 元気をなくして（　　　　）と歩いている。
1 ぼそぼそ　　　2 とぼとぼ　　　3 はきはき　　　4 うきうき

19 なつかしく（　　　　）した。
1 思いつき　　　2 回想　　　3 思い入れ　　　4 奇想

20 このふとんは（　　　　）してやわらかい。
1 くねくね　　　2 ぷにぷに　　　3 ふわふわ　　　4 かちかち

21 汗をかいたが、服の（　　　　）を持ってきていない。
1 余り　　　2 脱ぎ　　　3 換え　　　4 洗い

22 結局、相手が（　　　　）謝ってきた。
1 折れて　　　2 取れて　　　3 持って　　　4 行って

23 なまものは（　　　　）がよくない。
1 受け　　　2 持ち　　　3 食べ　　　4 飲み

問題4 _____ に意味が最も近いものを、1・2・3・4から一つえらびなさい。

24 あの二人はつきあっているらしい。
　　1　ケンカして　　2　交際して　　3　裁判して　　4　協力して

25 私はますます彼女が好きになった。
　　1　もっと　　　　2　いきなり　　3　ゆっくりと　　4　なんとなく

26 テレビと違い、素顔の彼女は誠実な人だ。
　　1　化粧した　　　　　　　　　2　化粧していない
　　3　本当の　　　　　　　　　　4　ウソの

27 私は料理にはうるさい。
　　1　おしゃべりだ　　　　　　　2　わがままだ
　　3　こだわる　　　　　　　　　4　こだわらない

28 彼の資産は10億どころではない。
　　1　よりずっと多い　　　　　　2　よりずっと少ない
　　3　前後だ　　　　　　　　　　4　に満たない

ますます　更加
ますます

うるさい　吵的/挑剔的.

66

問題5　つぎのことばの使い方として最もよいものを、1・2・3・4から一つえらびなさい。

29 決して

1　会議には決して参加する。

2　休日は決して旅行に行きたい。

3　あの人は決しておかしい。

4　彼は決してウソは言わない。

30 あからさま

1　お酒を飲んだので顔があからさまになっている。

2　あの勝負はあからさまな八百長（やおちょう）だ。

3　言い訳をしても事実はあからさまだ。

4　この料理はあからさまにおいしい。

31 すっかり

1　すっかり持っていないと滑り落ちる。

2　もう子供じゃないのですっかりしてほしい。

3　あたりはすっかり暗くなった。

4　彼はすっかり大きくなった。

32 呑む

1　私は毎日たくさんの仕事を呑んでいる。

2　教科書をよく呑んで試験をした。

3　かばんに本を呑んで学校に行く。

4　相手の条件を呑んで契約した。

33 つもり

1　明日は雪が降るつもりだ。

2　今日はお客さんがたくさん来るつもりだ。

3　彼は下手なのにうまいつもりだ。

4　机の上がごちゃごちゃのつもりだ。

限時70分鐘　作答開始：＿＿＿ 點 ＿＿＿ 分　　作答結束：＿＿＿ 點 ＿＿＿ 分

問題1　つぎの文の（　　）に入れるのに最もよいものを、1・2・3・4から一つえらびなさい。

1　彼女は30歳なのに、どう見ても10代（　　）見えない。

4　　1　には　　　　　2　だから　　　　3　までに　　　　4　にしか

2　この話は書いていいのか（　　）迷った。

1　　1　どうか　　　　2　どうも　　　　3　なぜか　　　　4　なんか

3　この足跡は犬か猫ではない。たぶんタヌキ（　　）キツネだ。

4　　1　など　　　　　2　かも　　　　　3　なら　　　　　4　とか

4　進学するかしないか、今後のこと（　　）悩んでいる。

3　　1　から　　　　　2　へ　　　　　　3　で　　　　　　4　が

5　ペンキが乾いていませんから、（　　）にして置いてください。

4　　1　そのよう　　　2　それから　　　3　それだけ　　　4　そのまま

6　家の子犬が生まれたのは、私たちが近くで野球を（　　）時でした。

3　　1　する　　　　　2　した　　　　　3　していた　　　4　していて

7　UFOを写真に（　　）としたら、消えた。

4　　1　撮る　　　　　2　撮って　　　　3　撮った　　　　4　撮ろう

8　（　　）遅刻する。

2　　1　急ぐと　　　　2　急がないと　　3　急がなくても　4　急ぐので

9　（　　）忙しいのに、お客さんが来ると仕事が進まない。

3　　1　ただなら　　　2　ただでは　　　3　ただでも　　　4　ただだったら

10 理由はないのだが（　　　）これが気に入った。

1　どうも　　　　　　2　なんとなく　　　　3　なんとか　　　　4　どうにか

11 急いで行ったので、（　　　）間に合った。

1　どうにか　　　　　2　やっと　　　　　　3　ついに　　　　　4　どうにも

12 天気がいいので散歩（　　　）しよう。

1　には　　　　　　　2　から　　　　　　　3　まで　　　　　　4　でも

13 同姓同名だが、この人は私が探してる人（　　　）別人だ。

1　には　　　　　　　2　とは　　　　　　　3　から　　　　　　4　なら

問題2 つぎの文の___★___に入る最もよいものを、1・2・3・4から一つえらびなさい。

（**問題例**）

君に _____ _____ __★__ _____ ある。

    1　言わねば　　　2　ことが　　　3　ハッキリ　　　4　ならない

（**解答のしかた**）

1．正しい答えはこうなります。

君に _____ _____ __★__ _____ ある。

3ハッキリ　1言わねば　4ならない　2ことが

2．___★___ に入る番号を解答用紙にマークします。

（**解答用紙**）　　（例）　① ② ③ ●

---

14 この _____ _____ __★__ _____ お早めに。

    1　製品は　　　2　限り　　　3　在庫　　　4　なので

15 花粉症の __★__ _____ _____ _____ 人が多い。

    1　マスクが　　　2　欠かせない　　　3　季節に　　　4　なると

16 桜が _____ __★__ _____ _____ 入ってくる。

    1　季節には　　　2　新入生が　　　3　多くの　　　4　咲く

17 チャンス到来。_____ _____ __★__ _____ しれない。

    1　次は　　　2　これを　　　3　逃したら　　　4　ないかも

18 誰かが _____ _____ __★__ _____ 気分が悪くなる。

    1　近くで　　　2　吸っていると　　　3　すぐに　　　4　タバコを

70

問題3 つぎの文章を読んで、文章全体の内容を考えて **19** から **23** の中に入る最もよいものを、1・2・3・4から一つえらびなさい。

下の文章は、インドのダルシムさんが日本で経験したことを書いた作文です。

日本での断食

ダルシム

　私は東京に住んでいますが、東北で大きな地震がありました。

　多くの人が家を失い、食べ物も不足してるそうです。

　そして、なんと被害の少なかった東京のコンビニやスーパーでも食べ物がほとんどないのです。みんな、自分のことだけを考えて買占めをしてる **19** らしいです。あんなに食べ物を無駄にして笑っていた人たちが、今度は買占め。

　でも、こういう経験をすれば反省するのではないかと思いました。

　私も食べ物が家に少なくなってきたので、一週間くらい断食して **20** と思いました。ヨガはインドでやっていましたが、断食は初めてです。水 **21** あれば一週間は大丈夫と聞いたので、これを機会にやってみました。

　三日したら、なにをする気力もなくなって **22** してしまいました。わずか三日くらいで、こんなになるとは思いませんでした。

　水だけではなく、何かが足りないのだろうと思いました。

　そうです、塩が足りなかったのです。塩とわかめでスープを作って飲んだら、だいぶ元気になりました。

　塩の取りすぎは体に悪いと言いますが、三日くらい絶食すると塩分なんてすぐに体から **23** しまうようです。

　日本でも「敵に塩を送る」と言う言葉があるくらいだから、水と同じように塩がなかったら人間は生きられないんだと実感しました。

19

1　で　　　　　2　まで　　　　　3　から　　　　　4　には

20

1　おこう　　　2　みよう　　　　3　もらおう　　　4　あげよう

21

1　とか　　　　2　など　　　　　3　まで　　　　　4　さえ

22

1　ぐったり　　2　ゆったり　　　3　ゆっくり　　　4　まったり

23

1　取れて　　　2　抜けて　　　　3　溶けて　　　　4　行って

問題4 つぎの (1) から (4) の文章を読んで、質問に答えなさい。答えは、1・2・3・4から最もよいものを一つえらびなさい。

（1）

下の文は、ある学習塾に貼ってある広告です。

お友達紹介キャンペーン中！！！！！！

もし紹介くださったお友達が入学しましたら入学者1人につき5000円の図書カードまたは電子辞書をプレゼントいたします。

また紹介されたお友達は入学金1万5000円のところを1万円で入学できます。

是非この機会にお友達を紹介してくださいね。

詳しくは係員にご質問ください。

---

24 キャンペーン中にどうすると何がもらえますか？

1 紹介した友達が入学すると5000円の図書カードと電子辞書がもらえる。

2 友達を2人紹介すると1万円の図書カードか電子辞書がもらえる。

3 紹介した友達が1人入学すると5000円の図書カードまたは電子辞書がもらえる。

4 友達が2人入学すると5000円の図書カードか電子辞書がもらえる。

（2）

> 　一昔前までは、「傷口<ruby>傷口<rt>きずぐち</rt></ruby>は乾かし、かさぶたをつくって治す」が常識とされて
> いたが、最近ではこの方法では治りが遅く、傷あとが残ってしまうことがわかっ
> てきた。
> 　傷の部分に出てくる体液<ruby>体液<rt>たいえき</rt></ruby>には、傷口<ruby>傷口<rt>きずぐち</rt></ruby>を早くきれいに治す成分が含まれてい
> る。そのため、傷口<ruby>傷口<rt>きずぐち</rt></ruby>はよく洗った後、ばんそうこうなどをぴったりと貼って乾くの
> を防ぎ、湿<ruby>湿<rt>しめ</rt></ruby>らせた状態にする方法が現在の主流。
>
> 　　　　　　　　　　　　（伊賀久野道「家庭医学の基礎知識」快生社より）

25 　乾かさないほうが治りが早いと言う理由は何か。

　　1　皮膚の乾燥は跡が残るから。

　　2　皮膚は保湿<ruby>保湿<rt>ほしつ</rt></ruby>が基本だから。

　　3　傷口<ruby>傷口<rt>きずぐち</rt></ruby>の液は一種の薬だから。

　　4　ばんそうこうがよく効くから。

（3）

中国メディア・環球網は21日、日本は世界で最も肥満率が低い国であると紹介したうえで、日本の食文化に隠された「秘密」を探る記事を掲載した。

記事は肥満率の低さに加え、男女の平均寿命が世界トップレベルであること、心臓の病気が少ないことも合わせて紹介。

油を多く使い栄養にも偏りのある他の国の料理と比べて、日本の食習慣と日本食メニューがいかに日本人の健康に貢献しているかを論じた。

（ネットニュースより）

26 筆者の主張と合うものはどれか。

1 日本料理は油を多く使う。

2 おいしい料理は体に悪い。

3 日本人は他の国の料理を食べない。

4 健康と食生活は関係がある。

（4）

今日会社に行く時に、電車のあみだなに乗っていた本を手にとって見た。

そこには「恋の呪文」や「受験の呪文」などが書いてあった。面白そうだったのでそのうちの「雨を降らせる呪文」を試してみた。そうしたら、なんと晴天が一転して大雨が降り出した。

家に帰ってから他の呪文を試そうと本を探したが、みつからなかった。

どうやら、うっかり電車のあみだなに置いてきてしまったようだ。

あの本は、また今日も誰かが試しているのだろうか。

（ウェブページ「本当にあった不思議な話」より抜粋）

---

27 この体験を書いた心境と合わないものはどれか。

1 とても不思議で面白い体験をした。

2 本を失くしてしまって残念だ。

3 誰かが拾ったかと思うとくやしくてしかたない。

4 信じてもらえないかもしれないが本当だ。

問題5　つぎの (1) と (2) の文章を読んで、質問に答えなさい。答えは、1・2・3・4から最もよいものを一つえらびなさい。

(1)　「プラシーボ効果」というものを、知っているでしょうか？

これは別名「偽薬効果」と呼ばれ、何の成分もないものを「高価な薬だ」と言って与えても効いてしまうことです。

人間の体は、簡単に言えば肉と骨でできています。それを作っているのは、細胞です。一つ一つの細胞を統括しているのが「気」つまり意識です。

「病は気から」と言う諺にあるとおり、気持ちによって細胞を活性化させると信じられないような治癒効果を出すこともあります。

一番すごいのは、末期癌を告知された患者が人生最後に世界一周旅行に出かけ、楽しく遊んで帰ってきたらガンがキレイさっぱり消えていた、というものさえあります。

こうした自己暗示による効果には個人差があり、誰でもそうなると言うものではありません。しかし、薬による効果も同様であることから考えると、「生きたい」と言う本人の意志が体を治すと言っても過言ではありません。

(伊達宗太郎「生活の中の心理学」英星出版より)

28　以下の中で、プラシーボ効果であるものはどれか。

1　空気のいいアフリカで遠くを見ていたら近眼が治った。

2　「百点を取れる」と自信を持ったらいい点数を取った。

3　栄養剤を乗り物酔いの薬だと言って飲ませたら酔わなかった。

4　期限切れの薬を黙って飲ませたら効果があった。

29 「病は気から」と言うのはどういう意味か。

1 病気は目に見えないバイキンが原因で起こる。

2 病気は気持ちの持ち方に大きく影響される。

3 病気の多くは精神作用から起こっている。

4 病気の多くは心が病んでいる。

30 筆者は、病気の克服に一番大切なものは何だと思っているか。

1 病気を治したいという思い。

2 病気を予防するこころがけ。

3 確実に効果のある薬品。

4 周囲の励まし。

（2）例えば映画で「親友に裏切られて破産する」と言う設定があるとします。

　なにやら絶望的状況ですが、それを結末に持ってくるか冒頭に持ってくるかで、状況はまったく変わります。

　結末に持ってきた場合には悲劇で終わり。

　だけど冒頭に持ってきた場合には、裏切られた主人公がこれから挽回する波乱の物語の幕開けとなります。

　人生もこれと同じだと思います。何かが起こった場合、それを結末とするか起点とするかでまったくちがったものになるのです。

　生きている限り、私たちの前には未来が開けています。

　私はよく「おばちゃまはまだ若いから」と言いますが、これは笑いを取るためだけではありません。「人間は生きている限り未来があり、未来がある限りは若い。」と言う、私なりの座右の銘なのです。

　映画は虚構の世界だけど、そんな映画にも真実の人生がある。

　と言うことで、色々な映画の思い出をあれこれ語ってみたいと思います。

(小森知子「おばちゃまの映画日誌」キネマサンライズ書房　前書きより)

---

31 何かが起こった場合、それを起点とするとはどういうことか。

1　現実を認めてあきらめる。

2　過去は考えず、未来を変えようとする。

3　過去を反省し、それを受け入れる。

4　いい未来を思い浮かべるだけでなく、過去のことも考える。

32 「おばちゃまはまだ若いから」を別の言葉で言えばどれか。

1 「おばちゃまはいつまでも若く見える。」

2 「気持ちを若く保てばいつまでも若くいられる。」

3 「私より年上でも元気な人はいっぱいいる。」

4 「いくつになっても人間には人生を切り開く力がある。」

33 筆者の座右の銘の解釈として正しいのはどれか。

1 いつまでも若いつもりでいれば人生は楽しい。

2 人生の未来には必ずよいことが待っている。

3 嫌なことがあっても気持ちしだいで人生は変わる。

4 あまり幸不幸を考えない方が人生は開ける。

問題6　つぎの文章を読んで、質問に答えなさい。答えは、1・2・3・4から最もよいものを一つえらびなさい。

　芸能人というと歌手やシンガーソングライターなどの音楽業界、男優女優などの演劇業界、お笑いなどの芸人業界が一緒になっている。

　これらは一括して「芸能界」と言われ、①それぞれ棲み分けたり共同作業をしたりして業界をなしている。

　しかし、それぞれの生存条件はまったくちがうと言っていい。

　生存が一番厳しいのは俳優業である。

　②例え美貌の新人女優が若いうちにNHK大河ドラマに主役に起用され活躍したとしても、将来の名声も報酬もまったく未知のままである。有名になり金が入ってくればそれなりのいい生活ができるが、その維持は非常に難しいからだ。どんな清純派女優も年を取れば同じ路線で売るわけに行かず、段々と主役の座から降りなければならなくなる。その時にいつまでも主役でいた時代を忘れられず③新しい路線を確立できなければ消えるだけだ。

　サラリーマンが過去の実績によって昇進できるような保証はない。よほどその人が特別でない限り、「若くてキレイ」「可愛い」の代わりはいくらでもいるからだ。

　④同じ事はお笑い界にも言える。一人の芸人がいくつもの芸風を次々と開発することなどは不可能に近い。だから本当にネタを考えお笑いをやれるのはほんの短い時機だ。だから多くの人たちは司会をやったりドラマや映画に出たりして、自分の頭は使わず生き残る方法を選択する。

　この中で一度名を売れば生き残りが楽なのは音楽業界だ。芸風を変えなくても固定ファンがつけばやっていけるし、映画やバラエティにも出やすいからだ。

（梨本優「芸能界サバイバル事情」日本芸能社より）

34 ①それぞれの指すものはどれか。

1　芸能界の個々人。

2　一般社会の個々人。

3　芸能界と一般人。

4　音楽業界と演劇業界と芸人業界。

35 ②例え美貌の新人女優が若いうちにNHK大河ドラマに主役に起用され活躍したとしても、将来の名声も報酬もまったく未知のままであるのはどうしてか。

1　物価の変動が激しいから。

2　仕事が忙しいと体調を壊しやすいから。

3　年によって役が変わるから。

4　観客はつねに新しい変化を求めるから。

36 ③新しい路線を確立するとはどういうことか。

1　どんな主役でもできるように幅を広げる。

2　脇役（わきやく）として主役を立てる演技をする。

3　歌や踊りなどの他の芸を身につける。

4　投資して副事業などを開発する。

37 ④同じ事とは何を指しているか。

1　若い時の状態の維持はできない。

2　容姿年齢の制限を受ける。

3　いつまでも主役ではいられない。

4　脇役にならなければ生き残れない。

問題7　つぎのページは、自転車の交通規則についてである。これを読んで、下の質問に答えなさい。答えは、1・2・3・4から最もよいものを一つえらびなさい。

　　タイから来たサガットさんは、日本で自転車に乗りたいです。なので、日本の自転車の規則を調べました。

38　サガットさんがカンちがいをしているのは、次のうちどれですか。

1　自分は大人だからヘルメットはかぶらなくていい。

2　雨の日はかさのかわりにレインコートを着れば問題ない。

3　自宅の前は車道と歩道が分かれていないから自転車は使えない。

4　荷物を自転車にのせるのは別にかまわない。

39　サガットさんは自転車に乗っていたある日、違反でつかまりました。何がいけなかったのでしょうか。

1　大人なのにヘルメットをかぶってしまった。

2　車道と歩道が分かれていない道を自転車を押して通ってしまった。

3　雨の日に自転車に乗ってしまった。

4　ウォークマンを聞きながら走ってしまった。

（續下頁）

自転車安全利用五則：

1　自転車は車道を走るのが原則。
2　車道では一番左側を走る。
3　歩道を走る場合は車よりを徐行する。
4　交通規則を守る。
5　子供はヘルメット着用。

注意：

1、2について

● 自転車は規則上「軽車両」なので原則上歩道走行不可。車道があればそこを走行。

【例外】
自転車の通行が認められる歩道では問題はない。
１３歳未満の児童、７０歳以上のお年寄りは適用外。
また、年齢に関係なく、自転車が通行できない歩道であっても降りて押せば問題はない。

【罰則】
３ヶ月以下の服役、または５万円以下の罰金

4について

● 自動車同様、飲酒運転禁止。

【罰則】
５年以下の服役、または１００万円以下の罰金

● 二人乗り禁止。１６歳以上の運転者が６歳未満の幼児を乗せるのは可。

【罰則】
５万円以下の罰金

● 夜間はライト点灯。

【罰則】

5万円以下の罰金

● かさ、ケータイ、イヤホンは走行の安全をさまたげるので、これらの使用は
禁止。

【罰則】

5万円以下の罰金

問題1 ◎ 07

問題1では、まず質問を聞いてください。それから話を聞いて、問題用紙の1から4の中から、最もよいものを一つえらんでください。

1番

1　きょうじゅのサインをもらって、写真をとりなおす

2　きょうじゅのサインをもらって、ざんだかしょうめいを取る

3　写真をとりなおして、成績表を取りに行く

4　きょうじゅのサインをもらって、成績表を取りに行く

2番

1　部室、うち、集会所、スーパー

2　部室、集会所、スーパー

3　うち、集会所、スーパー

4　うち、部室、集会所、スーパー

3番

1　むつリンゴ、とりのもも肉、やきにくのタレ甘口

2　ふじリンゴ、とりのもも肉、やきにくのタレ辛口

3　むつリンゴ、米、やきにくのタレ甘口

4　むつリンゴ、とりのもも肉、やきにくのタレ辛口

4番

1　今から今村教授にアポイントを取って、今から会いに行く

2　来週アポイントを取る

3　今から今村教授にアポイントを取って、来週会いに行く

4　今村教授には会わない

5番

1　6時

2　6時20分

3　6時30分

4　6時50分

6番

ア

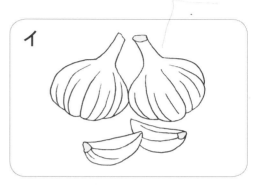

イ

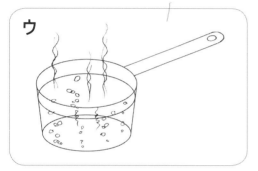

ウ

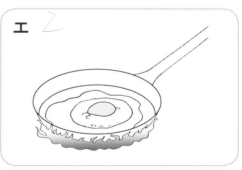

エ

オ

1　ア、ウ、エ

2　ア、ウ、オ

3　ウ、ア、イ

4　ア、イ、オ

問題2 ◎ 08

問題2では、まず質問を聞いてください。そのあと、問題用紙を見てください。読む時間があります。それから話を聞いて、問題用紙の1から4の中から、最もよいものを一つえらんでください。

1番

1 重さで料金が決まる業者の中で一番安いから
2 大きさで料金が決まる業者の中で一番安いから
3 大きさで料金が決まる業者の中で一番速いから
4 重さで料金が決まる業者の中で一番速いから

2番

1 けいけんがゆたかなので、寺田さんに決まった
2 資格をたくさん持っているので、坂本さんに決まった
3 リーダーをやったことがあるので、寺田さんに決まった
4 この仕事を長くやっているので、坂本さんに決まった

3番

1　商品のねだんがいちばん安く、送料無料だから

2　送料が無料だから

3　送料と商品のねだんの合計がいちばん安いから

4　送料がいちばん安く、商品がいちばん早く来るから

4番

1　バスは便利悪いから

2　しんかんせんもひこうきも高いから

3　バスは便利悪いし　ひこうきは空港へ行くのが大変だから

4　ひこうきは便利悪いし　バスはもう空きがないから

5番

1 デザインがいいから　もりもとで買う。

2 車で行きたくないから　もりもとで買う。

3 デザインがいいから　たかちほで買う。

4 たかちほのは品質が悪いから　もりもとで買う。

6番

1 余計な機能が付いているものは大きくて邪魔だから

2 機能が多ければ多いほどいいから

3 必要な機能がなければ買った意味がないから

4 たくさん機能が付いているものは高いから

問題3 ◎ 09

問題3では、問題用紙に何もいんさつされていません。この問題は、ぜんたいとしてどんなないようかを聞く問題です。話の前に質問はありません。まず話を聞いてください。それから、質問とせんたくしを聞いて、1から4の中から、最もよいものを一つえらんでください。

―メモ―

1番

2番

3番

問題4  ⊙ 10

問題4では、えを見ながら質問を聞いてください。やじるし（➡）の人は何と言いますか。1から3の中から、最もよいものを一つえらんでください。

1番

2番

3番

4番

問題5 ⊙ 11

問題5では、問題用紙に何もいんさつされていません。まず文を聞いてください。それから、そのへんじを聞いて、1から3の中から、最もよいものを一つえらんでください。

―メモ―

1番　　　　　　　　**7番**

2番　　　　　　　　**8番**

3番

4番

5番

6番

第 ❸ 回

| 限時 30 分鐘 | 作答開始： ＿＿＿ 點 ＿＿＿ 分 | 作答結束： ＿＿＿ 點 ＿＿＿ 分 |

問題1 ＿＿＿＿ のことばの読み方として最もよいものを、1・2・3・4から一つえらびなさい。

1 彼は私を疑っている。
　　1 こって　　　　2 とって　　　　3 うかがって　　4 うたがって

2 笑顔であいさつした。
　　1 えがお　　　　2 わらいがお　　3 しょうがん　　4 しょうげん

3 彼は書道の大家だ。
　　1 たいか　　　　2 たいけ　　　　3 おおや　　　　4 おおいえ

4 油断してると失敗する。
　　1 よだん　　　　2 ゆだん　　　　3 あぶらだん　　4 あぶらぎれ

5 彼女は人も羨む生活をしている。
　　1 のぞむ　　　　2 ねたむ　　　　3 あわれむ　　　4 うらやむ

6 雪の影響で電車が止まった。
　　1 えいきょう　　2 えいきゅう　　3 えいぎょう　　4 えいぎゅう

7 この坂は険しい。
　　1 きびしい　　　2 うれしい　　　3 たのしい　　　4 けわしい

8 この部屋は落着いた感じだ。
　　1 らくついた　　2 おちついた　　3 らくついた　　4 うわついた

問題2 _____ のことばを漢字で書くとき、最もよいものを、1・2・3・4から一つえらびなさい。

9 夏の間、小学校のプールを対外に<u>かいほう</u>している。

1 解放 2 開放 3 解法 4 回放

10 最高の<u>おくりもの</u>を選んだ。

1 送り者 2 送り物 3 贈り者 4 贈り物

11 彼は本当に口が<u>へらない</u>。

1 屁らない 2 経らない 3 減らない 4 辺らない

12 看護婦は病気の人を<u>かいほう</u>する。

1 解放 2 開放 3 介抱 4 回報

13 今日は<u>かいせい</u>の日和^{ひより}だ。

1 快生 2 改正 3 回生 4 快晴

14 この間のテストを<u>かえした</u>。

1 反した 2 返した 3 帰した 4 還した

問題3 （　　　　）に入れるのに最もよいものを、1・2・3・4から一つえ
らびなさい。

15 この価格は税金（　　　　）だ。

1 込み　　　　2 入り　　　　3 含み　　　　4 のみ

16 彼のゴルフは（　　　　）がすごい。

1 テクニック　　2 クリニック　　3 クリーニング　4 テクノロジー

17 健康でいると（　　　　）がいい。

1 気分　　　　2 気色　　　　3 気味　　　　4 機嫌

18 少し寝たら、頭が（　　　　）した。

1 すっかり　　2 すっきり　　3 すっぽり　　4 しっかり

19 ヨガを（　　　　）するためにインドに行った。

1 修養　　　　2 養生　　　　3 修業^{しゅうぎょう}　　　4 修行^{しゅぎょう}

20 好きな人に（　　　　）が通じるといいな。

1 考え　　　　2 思い　　　　3 感情　　　　4 感覚

21 運動しないので体が（　　　　）に固い。

1 コチコチ　　2 プチプチ　　3 フワフワ　　4 ガタガタ

22 （　　　　）なことばかりしているから効率が悪い。

1 高価　　　　2 的確　　　　3 素敵　　　　4 無駄

23 その服は（　　　　）が悪いと思う。

1 要領^{ようりょう}　　2 眼力^{がんりき}　　3 感覚　　　　4 趣味

問題4 _____ に意味が最も近いものを、1・2・3・4から一つえらびなさい。

24 彼女は前髪をそろえた。

1 伸ばした   2 分けた

3 短くした   4 同じ長さに切った

25 彼は、晩年にはみじめだった。

1 りっぱ   2 ぜいたく   3 かわいそう   4 しあわせ

26 パンダはめずらしい。

1 少ない   2 可愛い   3 面白い   4 人気がある

27 やっぱり、彼が犯人だった。

1 よく考えると   2 意外なことに

3 例によって   4 思った通り

28 あのカップルはおそろいの服を着ている。

1 同じ大きさ   2 同じ会社   3 同じ柄   4 同じ感じ

問題5　つぎのことばの使い方として最もよいものを、1・2・3・4から一つえらびなさい。

29 そろそろ

1　話題の映画はそろそろ面白かった。

2　映画が終わるとみんなそろそろと帰っていった。

3　そろそろ帰らないと電車がなくなる。

4　この洗剤は汚れがそろそろ落ちる。

30 かばう

1　頭をかばう帽子をかぶる。

2　自転車をかばってぬれないようにする。

3　部長はいつも部下にかばってばかりいるから嫌われている。

4　彼女は犯人をかばってうそをついている。

31 具合

1　このかばんは具合が大きい。

2　入院して具合がだいぶよくなった。

3　このパンは具合が硬い。

4　春は具合が暖かい。

32 素直

1　素直なままノーメイクで外出する。

2　この道は素直なので運転しやすい。

3　病気を治して素直な体にする。

4　彼は素直に好きと言えない。

33 なつかしい

1　今日は三十度を越えるなつかしい気温だ。

2　この犬は人になれていてなつかしい。

3　学生時代のころを思い出すとなつかしい。

4　ミニスカートをはくのはなつかしい。

限時 **70 分鐘** 作答開始：＿＿＿ 點 ＿＿＿ 分　作答結束：＿＿＿ 點 ＿＿＿ 分

問題1　つぎの文の（　　　）に入れるのに最もよいものを、1・2・3・4 から一つえらびなさい。

1 救助を（　　　）と119に電話した。
　　1　求める　　　　2　求めた　　　　3　求めよう　　　　4　求めまい

2 彼はウソを（　　　）自分の利益だけを得ようとした。
　　1　つくから　　　2　ついたから　　3　つかないで　　　4　ついてまで

3 写真はサンプルです。商品の仕様は都合（　　　）変更されることがあります。
　　1　により　　　　2　ならば　　　　3　よく　　　　　　4　悪く

4 こぼさない（　　　）気をつけて持ってください。
　　1　から　　　　　2　でも　　　　　3　ように　　　　　4　ようで

5 免疫が（　　　）によって、病状の進行が変わる。
　　1　あるだけでも　　　　　　　　　　2　あるかどうか
　　3　あってもなくても　　　　　　　　4　あるかもしれない

6 洗濯を（　　　）と思ったら水が出なかった。
　　1　する　　　　　2　して　　　　　3　しよう　　　　　4　しない

7 タバコは（　　　）方がいいとわかっていても吸ってしまう。
　　1　吸う　　　　　2　吸った　　　　3　吸わない　　　　4　吸わなかった

8 この料理は見るからに（　　　）。
　　1　おいしそう　　2　おいしいそう　3　おいしいらしい　4　おいしいみたい

9 社長に、ここに（　　　）ようにと言われました。
　　1　来る　　　　　　　　　　　　　　2　来ます
　　3　いらっしゃいます　　　　　　　　4　いらっしゃいました

10 私は愛車を売って(　　　)この骨董を手に入れたい。

1　から　　　　　2　なら　　　　　3　こそ　　　　　4　でも

11 今日は天気がよくなる(　　　)から、傘は持ってこなかった。

1　気持ちだ　　　2　気分だ　　　　3　気がある　　　4　気がした

12 他人の気持ちは、本人(　　　)わからない。

1　では　　　　　2　でも　　　　　3　でさえ　　　　4　でないと

13 私は仕事(　　　)趣味としてきた。

1　だけに　　　　2　だけで　　　　3　だけを　　　　4　だけが

問題2　つぎの文の＿＿★＿＿に入る最もよいものを、1・2・3・4から一つ えらびなさい。

（**問題例**）

君に ＿＿＿＿＿＿ ＿＿＿＿＿ ＿＿★＿＿ ＿＿＿＿＿ ある。

　　1　言わねば　　　2　ことが　　　3　ハッキリ　　　4　ならない

（**解答のしかた**）

1．正しい答えはこうなります。

> 君に ＿＿＿＿＿＿ ＿＿＿＿＿ ＿＿★＿＿ ＿＿＿＿＿ ある。
>
> **3ハッキリ　1言わねば　4ならない　2ことが**

2．＿＿★＿＿に入る番号を解答用紙にマークします。

（解答用紙）　　（例）　①　②　③　●

14　いざと ＿＿★＿＿ ＿＿＿＿＿ ＿＿＿＿＿ ＿＿＿＿＿ を置いてある。

　　1　家に　　　　　　2　ために　　　　3　言う時の　　　4　消火器

15　混戦が ＿＿＿＿＿＿ ＿＿＿＿＿ ＿＿★＿＿ ＿＿＿＿＿ だった。

　　1　予想　　　　　　2　実際には　　　3　圧勝　　　　　4　されたが

16　パソコンは ＿＿＿＿＿＿ ＿＿＿＿＿ ＿＿＿＿＿ ＿＿★＿＿ 多くある。

　　1　不具合も　　　　2　便利だが　　　3　感じる　　　　4　ストレスを

17　ロシアは ＿＿＿＿＿＿ ＿＿★＿＿ ＿＿＿＿＿ ＿＿＿＿＿ 食べる。

　　1　アイスクリームを　　　　　　　2　ロシア人は
　　3　寒いのに　　　　　　　　　　　4　よく

18　最近の ＿＿＿＿＿＿ ＿＿★＿＿ ＿＿＿＿＿ ＿＿＿＿＿ 小道具になっている。

　　1　すごくて　　　　2　付属機能が　　3　ケータイは　　4　万能の

問題3　つぎの文章を読んで、文章全体の内容を考えて　19　から　23　の中に入る最もよいものを、1・2・3・4から一つえらびなさい。

下は、小学生のある一日を書いた作文です。

校長の話

ふじこ

　今日は始業式だった。せっかく楽しかった冬休みが終わって、今日からゆううつな学校。しかも今日はあいにくの雨だった。

　でも、雨だといいことがある。朝礼が校庭ではなく室内放送になるから。正直、校庭での朝礼はつらい。

　校長は　19　80歳になるんだけど、大の説教好き。あの年じゃ長くは立っていられない　20　なのに、話をするとき彼の時間は止まる。

　目は光を放ち、口は機関銃のように回転し続ける。この朝礼での説教こそが、いつもはみんなに無視されてる、彼の元気のみなもと。

　それはいいんだけど、話が超〜つまらない。延々と同じことばかり。しかも当たり前のことを、　21　えらそうにしゃべるからムカつく。それで飽きてきて、よそ見をし始めるとすぐ怒る。

　「ほらそこ！ちゃんと聞きなさいっ〜。」って。自分の話がつまらないからだって、どうして自覚しないのかしら？

　とにかく、室内だと座ってられるし怒られることもない。こりゃ楽だわ〜ってうとうとして聞いていた。

　校長は同じ内容をくりかえすごとに、自分に酔ってきてテンションが上がる。それでさらに同じ話をくりかえす。彼が満足する　22　、話は終わらないのだわ。眠いから、　23　にしゃべらせておけ。

　そう思いながら、興奮してしゃべりまくる校長の声が、だんだんと遠くに聞こえて夢の中。

19

1 まだ 　　　　 2 まず 　　　　 3 もう 　　　　 3 でも

20

1 はず 　　　　 2 こと 　　　　 3 とき 　　　　 4 ほど

21

1 まだ 　　　　 2 でも 　　　　 3 よく 　　　　 4 さも

22

1 から 　　　　 2 まで 　　　　 3 とき 　　　　 4 ほど

23

1 勝手 　　　　 2 簡単 　　　　 3 気軽 　　　　 4 完全

**問題4　つぎの (1) から (4) の文章を読んで、質問に答えなさい。答えは、
　　　　 1・2・3・4から最もよいものを一つえらびなさい。**

(1)

　おでこを冷やしても、熱を下げる効果なし！

　風邪などで熱が出たとき、冷却シートなどでおでこを冷やす人がいるが、こ
れは間違い。

　熱を下げるためには、血液の温度を下げなければ意味がないが、おでこに
は太い血管がないため、ほとんど熱は下がらないのだ。

　ポイントは「太い血管があるところを冷やす」こと。両首筋やわきの下、太も
もの付け根を冷やすとよい。

（伊賀久野道「家庭医学の基礎知識」快生社より）

24 　筆者の論点として正しいものはどれか。

　1　頭を冷やすことは医学的によくない。

　2　頭だけを冷やしても効果が薄い。

　3　頭を冷やしたら体に悪い。

　4　頭を冷やしても熱は下がらない。

（2）

　　愛する人に先立たれ、心にキズを負った人が心臓発作を起こす確率は、そうでない人の21倍にもなるという調査結果も発表されている。また実際に、「傷心症候群」なる病気も確認されており、こちらは、極度のストレスで心臓の筋肉が弱まり、心臓発作を引き起こす可能性が高くなるというものだという。「好きな人にフラれて心が苦しい…」というのも、あながち大げさな言い回しではないようだ。

（ネットニュースより）

25　この調査結果から明らかになることはどれか。

　1　心の傷は体にも影響する。

　2　心臓が弱いと病気になりやすい。

　3　心臓が弱い人は失恋しやすい。

　4　失恋すると病気になる。

（3）

私たちは日頃、指先から数えて「第一関節」、「第二関節」と呼んでいる。

しかし以前には「心臓に近いほうから第一関節、第二関節と呼ぶ」と習った。

どちらが正しいのかネットで調べてみると、どちらも「俗称(ぞくしょう)」なので正しいとか

まちがっているとかではないらしい。しかし、医学用語は日常的ではない。

なので、詳しく言うときには「指先の関節」「指先から二番目の関節」「指

の根元の関節」と言えば充分でしょう。

（ある人のネット発言より）

26　筆者が以前習った「第一関節」とはどこの骨を指しているか。

1　指先の関節。

2　指先から二番目の関節。

3　指の根元の関節。

4　肩の付け根の関節。

（4）

　下は、ビタミンの説明です。

　　ビタミンとは体に必要な栄養です。

　　ビタミンは、いろいろな種類があります。

　　ビタミンA〜みずみずしくなります。うなぎ、バター、牛乳などに多く含まれ、

ひふやかみの毛に効果があります。

　　ビタミンB〜ビタミンB群は野菜よりも卵、牛乳、豚肉などに多く入っていて、

体の働きを調節します。

　　ビタミンC〜イチゴやレモンなどのほかに、緑茶にも多く入っていて、風邪

などを引きにくくします。

　　ビタミンD〜卵やバターに多く入っていて、骨を強くします。

27 　最近、骨が弱っていてひふやかみの毛がパサパサするユリアさんがとったらいい食べ
　　物はどれですか。

　　1　バターでいためた卵

　　2　イチゴとレモンのミックスジュース

　　3　ジャムをぬったパン

　　4　豚肉と野菜のいためもの

問題5 つぎの (1) と (2) の文章を読んで、質問に答えなさい。答えは、1・2・3・4から最もよいものを一つえらびなさい。

（1）「信頼していたのに裏切られた。」と言う人が多い。しかし私は、それは「信頼」ではないと思う。

例えば、友達に上がると言われた株を買って損をしたとする。そうすると「あいつの言葉を信頼して株を買ったのに。」などと言う。

しかし、よい結果だけを期待するのは「信頼」ではない。世の中にはいいことも悪いことも起こり得る。その内のよい面だけが起こることを期待して、誰かの責任にすることは「信頼」という字とは程遠い。

本当にその人を「信頼」していたのなら、自分が損をしても恨まないはずだ。

なのでそれは「信頼」ではなく「依存」である。その人に依存する気持ちがあるから、「裏切られた」と怒るのである。

だから私は、誰かに裏切られたとしても本当に「信頼」していたなら恨みはしない。その選択をしたのは、自分であるからだ。

（葛城綾「時が過ぎればいずれ私も過去に消えてゆく」真超文庫より）

---

28 多くの人が、信頼を裏切られたと思う原因は何か。

1 ほとんどの人が、口と腹ではちがっているから。

2 みんな自己利益を優先するから。

3 100％言った通りにならないから。

4 言った通りに実行する人が少ないから。

29 筆者の言う「依存」とはどういうことか。

1 自分の都合のいいことだけを期待すること。

2 金銭的に都合のいい援助してもらうこと。

3 正確な情報を伝えること。

4 愛情を独占すること。

30 筆者の言う「信頼」ともっとも意味の近い言葉はどれか。

1 愛情

2 寛容

3 情熱

4 慈悲

（2）右利きである、と言う事は「潜在的には左利きが潜んでいる」可能性が高い。多くの人は、右利きだとしても行なうあらゆるすべてのことを右手の方がうまくできるわけではないからだ。しかし、実際には「自分は右利きである」と言う先入観があれば最初から左手でやってみようとしない。多くの場合、利き手とは思い込みや慣習である場合が多い。状況が変われば利き手も変わる。

　例えば中華鍋を振るうのは右利きの場合、訓練を積めば積むほど左手の方がやりやすくなるはずだ。プロ野球の投手でも元々右利きだった左投げの大投手も数人いる。また、右投げのピッチャーは左足を上げるから、格闘技に転向したら左の蹴りが得意になったと言う事例もある。

　このように、利き手とはあなたが思っているほど絶対的なものではない。なので、機会があればいつもと逆の手を使ってみることを勧める。

　「利き手とは思い込みである」と言うことがよくわかると思う。

（中瀬洋子「脳と運動」育英社より）

31 潜在的に左利きと言うのはどういうことか。
1　右利きの右手を補佐する左手の動作もむずかしいものが多い。
2　完全な右利きの人はあまりおらず、多くは部分的に左利きだ。
3　左のほうがうまくできることがあるのに、気づいていない。
4　片方ばかりでは不均等なので潜在意識は両方使いたい。

32 筆者の思う利き手の決定要素は何か。

1 先天的要因

2 後天的矯正

3 社会的要請

4 人工的習慣

33 筆者が利き手とは思い込みだと主張する根拠は何か。

1 先天的に左利きの人が多いから。

2 右利きにとってのある動作は、少し変えると左利きの別動作になるから。

3 多くの人は左利きなのにそれに気づいていないから。

4 人間には本来、利き手と言う区別はないから。

□ 言語知識（文字・語彙）

☑ 言語知識（文法）・読解

□ 聴解

問題6　つぎの文章を読んで、質問に答えなさい。答えは、1・2・3・4から最もよいものを一つえらびなさい。

外国旅行に行くと、テレビもラジオも新鮮に感じる。耳慣れている言葉に馴染んだ画面ではなく、まったく知らない言葉に見慣れぬ画面。

特に私はテレビよりも、街を歩いている時に流れてくるラジオを聞くのが好きだ。

①本国ではラジオなんかまったく聞かないのだが、旅先では違う。

その原因は想像力にある。

テレビは画面を見ればどんな人がしゃべっていてどんなことを言っているのか大体想像できる。例えば私のようにキレイな女性が出てきてビックリしたとか（冗談！）。

しかしラジオはどこでどんな人が何をしゃべっているのかサッパリわからない。

②だからこそいい。

それを聞くと、今私と同時間にその放送を聴いている人たちがいて、私の知らないその言葉を日常で使う人たちにはそれぞれ違う人生があって、でも同じ音源を共有していると感じる。

この地は私にとっては、③観光で通りかかっただけのいわば幻。だが、当地の人には自分にしかない現実の人生がそこにある。

私にとっての彼らは、いわば人生のエキストラ。劇で言えば通行人の役に過ぎない。彼らにとって異郷の地からやってきた私もまた、数あるエキストラの一人。

それがこの時間と空間でちょっぴりつながって、お互いの人生の中でわずかでも影響を及ぼす。それはなぜかエキストラであっても、多くの映画に出演した女優のような気持ちにさせてくれる。

そんな想像力を働かせると、ラジオを通して見知らぬ人とつながり、世界が広がったような不思議な気持ちになる。

だから、④異郷でラジオを聴くと元気が出るのである。

（南斗優香「海外見聞録」晴海書房より）

34 ①本国ではラジオなんかまったく聞かないのだが、旅先では違うとあるが、本国では

聞かないラジオを外国では好きだと言うのはなぜか。

1 旅先では本国のような娯楽がないから。

2 言ってることがわからないので何も想像しないから。

3 ラジオが知らない言葉でしゃべるのがおもしろいから。

4 自分の知らない世界があることを色々想像できるから。

35 ②だからこそいいのはなぜか。

1 想像力が刺激されるから。

2 外国にいる気分になるから。

3 日本語は聞きたくないから。

4 ラジオはもともと好きではないから。

36 筆者が③観光で通りかかっただけのいわば幻というのはどういう心境からか。

1 知り合いが一人もいないから、存在しないのと一緒だ。

2 街の人たちはみなエキストラで、私の人生では重要ではない。

3 現実の生活がここにないので、夢のようなものだ。

4 旅の思い出はすぐに忘れ去ってしまうものだ。

37 ④異郷でラジオを聴くと元気が出ると言う筆者の思いと近いものはどれか。

1 分からない言葉が自分を励まているように聞こえる。

2 この知らない世界もまた、私の一部だ。

3 外国にいると、母国の現実を忘れる。

4 ここでなく日本に生まれてよかった。

問題7　つぎのページは、あるカルチャーセンターのパンフレットである。これを読んで、下の質問に答えなさい。答えは、1・2・3・4から最もよいものを一つえらびなさい。

アメリカ人のガイルさんは、漢字に興味があるので漢詩を習いたいと思いました。近くのカルチャーセンターに行って、パンフレットをもらってきました。係りの人から、表の見方を教わりました。

38　この表の見方でまちがっているものはどれですか。

1　講座の7割は原則通り に行なわれる。

2　すべての受講日 は日曜日である。

3　8回分の講座は第4日曜日で行なわれる。

4　第4日曜日以外の受講日 は○で囲ってある。

39　ガイルさんが時間を間違えて講義に行ったのはいつですか。

1　4月の第2日曜日に、2時から講義に行った。

2　7月の第4日曜日に、2時から講義に行った。

3　11月の第4日曜日に、2時から講義に行った。

4　1月の第2日曜日に、3時から講義に行った。

漢詩入門
OO大学教授XX

内容： 漢詩の読み方、楽しみ方を簡単なものから解説する。	定員： 30名
回数： 全10回	原則の受講日と時間： 第4日曜・ 午後2：00～4：00
受講料： 一般～21495円 会員～20895円 特別会員～19320円 *会員は年会費5000円、特別会員は20000円を納めることで申請できます。	4月⑮日 5月27日 6月24日 7月㉒日 （3：00～5：00） 9月23日 10月28日 11月25日 12月23日 1月⑬日 （3：00～5：00） 2月24日

原則受講日は、第4日曜日の午後2時からと言うことを表します。

各月の、講義がある日を表します。○は、原則とはちがう日あるいは時間に講義があります。

4月15日は第2日曜日ですが、講義があります。（　）がないので、時間はそのまま2時から4時です。

7月22日は第4日曜日ですが、時間が変わります。

1月13日は第2日曜ですが、講義があります。開始時間も、2時から3時へと変更になります。

問題1　◎　12

問題1では、まず質問を聞いてください。それから話を聞いて、問題用紙の1から4の中から、最もよいものを一つえらんでください。

1番

1　けいたい電話の会社に電話する

2　けいさつに行く

3　カードの会社に電話する

4　カードの会社に行く

2番

1　30袋

2　10袋

3　120袋

4　200袋

3番

1　しょるいをのり付けする

2　リストが正しいか電話でかくにんする

3　電話をする

4　しょるいのコピーを取る

4番
ばん

1 ラーメン、ミネラルウォーター

2 電池、ラーメン、ミネラルウォーター、ライター
でん ち

3 電池、ミネラルウォーター、ライター
でん ち

4 電池、ラーメン、ライター
でん ち

5番
ばん

1 最初から第12章まで
さいしょ だい しょう

2 第12章から第14章まで
だい しょう だい しょう

3 第13章と第14章
だい しょう だい しょう

4 第15章から第20章まで
だい しょう だい しょう

6番
<ruby>番<rt>ばん</rt></ruby>

ア

イ

ウ

エ

オ

1　オ、　エ、　ア
2　イ、　ウ、　ア
3　ウ、　エ、　イ
4　オ、　エ、　ウ

問題2 ◎ 13

問題2では、まず質問を聞いてください。そのあと、問題用紙を見てください。読む時間があります。それから話を聞いて、問題用紙の1から4の中から、最もよいものを一つえらんでください。

1番

1 塾には行かないので、夜遅くまで練習をしたいから

2 そんなに忙しくはないから

3 全国大会に行けるから

4 ほとんど練習をしなくていいから

2番

1 建物も新しいし、市内が一望できるから

2 安くて建物もきれいだし、市内の中心部にあるから

3 建物は古いけど、安いから

4 建物もきれいで、屋上にプールがあるから

3番

1 美しい色が出ているから

2 構図がプロみたいだから

3 そのしゅんかんを撮るのは難しいから

4 れんぞくさつえい機能をうまく使っているから

4番

1 重いけど、処理速度は速いから

2 コンピューターほど便利じゃないけど、小さいから

3 ノートパソコンよりも小さいのに、処理速度はノートパソコンと同じだから

4 ノートパソコンよりも処理速度は遅いけど、軽いから

5番

1 夕方までは応援が必要ないから

2 杉本さんは夕方まで他のお店で仕事があるから

3 杉本さんは昼からは仕事をしたくないから

4 今日は人が足りているから

6番

1 時間があるときに掃除をする

2 お風呂に入った後に掃除をする

3 お風呂に入る前に掃除をする

4 かなり汚れたときに掃除をする

問題3 ◎ 14

問題3では、問題用紙に何もいんさつされていません。この問題は、ぜんたいとしてどんなないようかを聞く問題です。話の前に質問はありません。まず話を聞いてください。それから、質問とせんたくしを聞いて、1から4の中から、最もよいものを一つえらんでください。

―メモ―

1番

2番

3番

問題4では、えを見ながら質問を聞いてください。やじるし（➡）の人は何と言いますか。1から3の中から、最もよいものを一つえらんでください。

1番

2番

3番

4番

問題5では、問題用紙に何もいんさつされていません。まず文を聞いてください。それから、そのへんじを聞いて、1から3の中から、最もよいものを一つえらんでください。

―メモ―

1番

2番

3番

4番

5番

6番

7番

8番

第 ❹ 回

言語知識（文字・語彙）

—

P 132

言語知識（文法）・読解

—

P 137

聴解

—

P 154

限時 30 分鐘　作答開始：＿＿＿ 點 ＿＿＿ 分　　作答結束：＿＿＿ 點 ＿＿＿ 分

問題1　＿＿＿＿ のことばの読み方として最もよいものを、1・2・3・4から一つえらびなさい。

1　大家さんに部屋代を払う。
　　1　たいか　　　　2　たいけ　　　　3　おおや　　　　4　おおいえ

2　失くしたくないので書留郵便で送る。
　　1　しょりゅう　　2　かきとめ　　　3　かきどめ　　　4　かける

3　運命を占った。
　　1　うらなった　　2　うるおった　　3　さからった　　4　あじわった

4　まだ、安心は禁物だ。
　　1　きんぶつ　　　2　きんもの　　　3　きんもつ　　　4　きもつ

5　展覧会に作品を出品した。
　　1　でしな　　　　2　しゅひん　　　3　しゅつひん　　4　しゅっぴん

6　不正が発覚した。
　　1　はつかく　　　2　はつどう　　　3　ほっかく　　　4　はっかく

7　パンダは世界的に珍しい。
　　1　めすらしい　　2　めずらしい　　3　めつらしい　　4　めづらしい

8　寒いので上着をきる。
　　1　うえぎ　　　　2　うえき　　　　3　うわき　　　　4　うわぎ

問題2 ＿＿＿＿ のことばを漢字で書くとき、最もよいものを、1・2・3・4から一つえらびなさい。

9 会社の体制は<u>かいぜん</u>が必要だ。

1 改造　　　　2 改良　　　　3 改善　　　　4 改全

10 この製品は性能がいいが<u>かっこう</u>が悪い。

1 格好　　　　2 恰合　　　　3 良好　　　　4 絶好

11 部下を先に<u>かえして</u>、一人で残業した。

1 返して　　　2 還して　　　3 帰して　　　4 反して

12 彼女はよく<u>えんぎ</u>をかつぐ。

1 演技　　　　2 演戯　　　　3 延喜　　　　4 縁起

13 大往生（だいおうじょう）で静かな<u>さいご</u>だった。

1 歳後　　　　2 歳期　　　　3 最期　　　　4 際後

14 サイコロの<u>かくりつ</u>は六分の一だ。

1 確立　　　　2 格率　　　　3 確率　　　　4 画立

問題3 （　　　　）に入れるのに最もよいものを、1・2・3・4から一つえ
らびなさい。

15　この提案については、よく（　　　　）してから返事をしたい。
　　　1　検討　　　　　2　推測　　　　　3　予想　　　　　4　確保

16　多くの人が降りて、電車が（　　　　）きた。
　　　1　あけて　　　　2　あいて　　　　3　すけて　　　　4　すいて

17　これは子供（　　　　）の内容だ。
　　　1　好き　　　　　2　向く　　　　　3　向き　　　　　4　寄り

18　彼の（　　　　）でお客がパーティーに来た。
　　　1　および　　　　2　まねき　　　　3　はなし　　　　4　うごき

19　早めに（　　　　）をしてでかける。
　　　1　収納　　　　　2　歩行　　　　　3　支度　　　　　4　登校

20　緊張してのどが（　　　　）にかわいた。
　　　1　コテコテ　　　2　ズルズル　　　3　ベタベタ　　　4　カラカラ

21　この家は（　　　　）に作ってある。
　　　1　頑固　　　　　2　丈夫　　　　　3　堅実　　　　　4　強力

22　（　　　　）していると時間がなくなる。
　　　1　こそこそ　　　2　ぐずぐず　　　3　くすくす　　　4　めそめそ

23　多くの人が仏教の（　　　　）を受けている。
　　　1　習い　　　　　2　教え　　　　　3　聞き　　　　　4　話し

問題4 _____ に意味が最も近いものを、1・2・3・4から一つえらびなさい。

24 ちょっと本屋に寄った。

1 近づいた　　　　　　　　2 かくれた

3 ついでに行った　　　　　4 わざわざ行った

25 とうとう、願いがかなった。

1 簡単に　　　 2 急に　　　 3 ゆっくりと　　 4 最後には

26 鍋にお湯をわかす。

1 熱くする　　 2 入れる　　 3 冷ます　　　 4 置いておく

27 彼の審査はからい。

1 優しい　　　 2 厳しい　　 3 面白い　　　 4 独特だ

28 今日はあいにく雨です。

1 残念なことに　　　　　　2 うれしいことに

3 思ったとおり　　　　　　4 予想外の

問題5 つぎのことばの使い方として最もよいものを、1・2・3・4から一つえらびなさい。

29 そこそこ

1 彼は一番ではないがそこそこ活躍している。

2 目的地はすぐそこそこだ。

3 あの映画はそこそこ面白くない。

4 泥棒がそこそこに隠れている。

30 支度

1 明日は支度が悪いので別の日に約束する。

2 支度がないので相手の条件を受け入れた。

3 支度をして外出する。

4 たっぷり支度をしたので今回の試験は大丈夫だ。

31 はやまる

1 このトラブルはまだ挽回できるのではやまってはいけない。

2 悪いことをしたと思ったので相手にはやまった。

3 時間がないのではやまらないと間に合わない。

4 身体検査があるので授業をはやまって終わらせた。

32 通り

1 食べる通りに焼く。

2 行く通りに電話して知らせる。

3 お金を払った通りに映画を見る。

4 感じた通りに感想文を書く。

33 写す

1 荷物を一階から三階に写す。

2 私の仕事は新聞記事を写すことです。

3 彼の論文は私のを写したものだ。

4 欄に住所氏名を写す。

限時 **70** 分鐘 作答開始：＿＿＿ 點 ＿＿＿ 分　作答結束：＿＿＿ 點 ＿＿＿ 分

問題1 つぎの文の（　　）に入れるのに最もよいものを、1・2・3・4 から一つえらびなさい。

1 彼女のそぶり（　　）、本当に知らないと思う。

　　1　からすると　　　　2　から聞くと　　　　3　まですると　　　　4　ではないので

2 学費は自分で稼ぐので大学に（　　）。

　　1　行ってください　　　　　　　　　　2　行かないでください
　　3　行かせてください　　　　　　　　　4　行かせないでください

3 サーベルタイガーはゾウ（　　）倒したと言われる。

　　1　から　　　　　　2　さえ　　　　　　3　みたいに　　　　4　ほど

4 時間がないから、混んでいても急行で（　　）方がいい。

　　1　行った　　　　2　行かない　　　　3　行っている　　　　4　行かなかった

5 私はあの人に（　　）。

　　1　気になる　　　　2　気がある　　　　3　気がした　　　　4　気がしない

6 本命に合格したので、あとの大学は（　　）いい。

　　1　なんでも　　　　2　どれでも　　　　3　どうでも　　　　4　いつでも

7 （　　）、この値段は割高だ。

　　1　考えてみるとき　　2　考えてみれば　　3　考えみそうな　　4　考えてみてから

8 値段は（　　）その分おいしい。

　　1　安いが　　　　2　高いが　　　　3　安いのに　　　　4　高いのに

9 言い訳（　　）すぐボロが出る。

　　1　しても　　　　2　しないで　　　　3　したくて　　　　4　しないから

10 ここで（　　　）決勝に進めない。

1　勝つと　　　　　2　勝ったら　　　　3　勝たなくても　　4　勝たなくては

11 試合は9対2（　　　）圧勝した。

1　は　　　　　　　2　が　　　　　　　3　も　　　　　　　4　で

12 この店は（　　　）おいしい。

1　安いから　　　　2　安いので　　　　3　安かったら　　　4　安い上に

13 明日はいい天気に（　　　）だと思う。

1　なりそう　　　　2　なるそう　　　　3　なるかも　　　　4　なるかな

問題2 つぎの文の____ ★ ____ に入る最もよいものを、1・2・3・4から一つえらびなさい。

（問題例）

君に _____ _____ __★__ _____ ある。

　　1　言わねば　　　2　ことが　　　3　ハッキリ　　　4　ならない

（解答のしかた）

1．正しい答えはこうなります。

> 君に _____ _____ __★__ _____ ある。
>
> **3ハッキリ　1言わねば　4ならない　2ことが**

2．__★__ に入る番号を解答用紙にマークします。

（解答用紙）　　（例）　① ② ③ ●

14　最近は _____ _____ _____ __★__ 音楽をダウンロードできる。

　　1　CDを　　　　　2　パソコンで　　3　レコードや　　4　買わなくても

15　同じ _____ _____ __★__ _____ やり方が存在する。

　　1　遊びでも　　　2　地域によって　3　名前の　　　　4　ちがう

16　友達の __★__ _____ _____ _____ いい。

　　1　間柄では　　　2　しないほうが　3　お金の　　　　4　貸し借りは

17　使用前によく _____ _____ _____ __★__ 読めない。

　　1　字が小さすぎて　　　　　　　　2　説明書を
　　3　と書いてあるのに　　　　　　　4　読んでください

18　魚には _____ _____ __★__ _____ おいしい。

　　1　なくなって　　2　レモンを　　　3　生臭さが　　　4　ふると

問題3 つぎの文章を読んで、文章全体の内容を考えて 19 から 23 の
中に入る最もよいものを、1・2・3・4から一つえらびなさい。

下は、ある小学生の宿題に対する意見です。

今日の宿題

翔子

今日の宿題は、作文。題は、「将来の夢」。

すっごく、くだらないわ。

だって、「大きくなったら何になりたい？」って、聞いてどうするのって感じ。

19 みんな、男子はパイロットだとか医者だとか、弁護士だとか野球選手だとか。女子はアイドルとか歌手とかモデルとか、あるいはお嫁さんとか。そんな内容ばっかりでしょ。

そんな 20 の内容には、興味がない。

大体、小学生のあたしたちが世にある仕事をみな知ってて、自分の才能がどこにあるかなんて知る 21 ないじゃん。

人生は出たとこ勝負、一寸先はヤミなのよ。

もしこの年で、本当に自分が何になるか知っちゃったら、夢がなくなって退屈じゃないの。

実際、人間の可能性は無限だと思う。それを「何になりたい」なんて限定しちゃったら、つまらない大人になってしまうわ。

自分の未来は自分で作る。

そう考えた 22-a が、 22-b 自由に生きられると思うから。

そんなわけで、この題は却下。

あたしだけ題名を変更 23 もらうわ。

題名は「今したいこと」。いいでしょ、先生？

19

1 どうか　　　　　　2 どうも　　　　　　3 どうせ　　　　　　4 どうして

20

1 ありえない　　　　2 ありきたり　　　　3 ありまくり　　　　4 ありうる

21

1 こと　　　　　　　2 とき　　　　　　　3 いみ　　　　　　　4 わけ

22

1 a　ほう　／　b　より

2 a　ひと　／　b　でも

3 a　こと　／　b　まだ

4 a　とき　／　b　もう

23

1 やって　　　　　　2 すると　　　　　　3 されて　　　　　　4 させて

問題4　つぎの (1) から (4) の文章を読んで、質問に答えなさい。答えは、
1・2・3・4から最もよいものを一つえらびなさい。

（1）

人間は多かれ少なかれ、何かしら悩みを抱えて生きています。

けれども、星の数ほどありそうな人間の悩みも、実はたったの4種類に分類

できてしまうとしたら、ちょっと驚きではありませんか？以下の4種類です。

1. 人間関係の悩み・・・恋愛、家族、上司や部下との接し方など

2. 金銭的な悩み・・・借金、収入が少ない、お金が貯まらないなど

3. 健康上の悩み・・・持病、体調が悪い、体のコンプレックスなど

4. 将来に関する悩み・・・「今の仕事を続けていいの」「結婚できるかな」な

ど

（ネットニュースより）

24　上の文によれば、結論として言えるのはどれか。

1　人の悩みは千差万別だ。

2　人生には色々な悩みがある。

3　世の中に本当に悩んでいる人は少ない。

4　人が悩むことは大体共通している。

（2）

　　恋愛中って気分が上がったり下がったりしますよね。相手のことが気になっていてもたってもいられなくなったり、相手の一言で急に気持ちが落ち込んだり。実はこれは恋愛ホルモンの影響なのです。

　　これが増えてくると、気分が高揚し快楽を感じ、理性ではコントロールできない状態になります。この状態こそがずばり恋をしている時です！

　　しかし、この物質が過剰に出過ぎると「周りの意見を聞けない、冷静さを失ってしまう」などの問題が起きます。

（ネットニュースより）

25　本文の論と合うものはどれか。

1　恋愛はホルモン異常で起こる。

2　恋愛ホルモンは客観性を失なわせる。

3　恋愛ホルモンが出ると異性をひきつける。

4　人の意見を聞けない人は恋愛ホルモンが出やすい。

（3）

> 　筋肉のコリや痛み、例えば腰痛などは「筋力が弱いから」だとよく言われます。
>
> 　しかし実際にはそうではありません。ずっと同じ姿勢などをとり続けると、特定の筋肉が緊張しっぱなしになります。それが続くと、その特定の筋肉だけが短く太くなります。そうすると姿勢にゆがみが生じ、腰痛などの原因になるのです。
>
> 　だから、筋肉を鍛えるよりもやわらかくほぐすほうがいいのです。
>
> 　　　　　　　　　　　　　　　　　　　　　　　　　（ネットニュースより）

26　腰痛の原因をわかりやすくいうと、どれが正しいか。

　　1　座ることによって筋肉が弱るから。

　　2　筋肉のバランスが崩れるから。

　　3　筋肉をやわらかくしすぎるから。

　　4　筋肉がゆがむから。

（4）

ようこへ

今日はお母さんはおそくなります。夕飯までに帰れません。

夕飯のおかずは、スーパーで買ってきたお刺身が冷蔵庫に入れてあります。

ご飯は炊飯器の中です。ガスコンロの上にはスープもあります。でも危ないのでガスは使わないで、電子レンジでチンしてください。

冷蔵庫にあるトンカツはお父さんの夕食なので食べないでくださいね。

ケーキを買って帰るのでご飯の後で一緒に食べましょう。

母より

27 夕食はどうして食べろと言っていますか。

1 おかずとスープをガスで温めて食べる。

2 おかずはそのままで、スープはガスで温めて食べる。

3 おかずはそのままで、スープは電子レンジで温めて食べる。

4 おかずとスープを電子レンジで温めて食べる。

問題5 つぎの (1) と (2) の文章を読んで、質問に答えなさい。答えは、1・2・3・4から最もよいものを一つえらびなさい。

（1）スポーツでは、物理的障害以上に大きいのが心理的障害である。

　ある記録が、長い間破れないとする。

　すると多くの人の心の中で「あの記録は破れない」と潜在意識に刷り込まれる。そうするといくら肉体を鍛えてもその記録は「超えられないもの」として人々の前に立ちはだかる。

　しかしどこかの誰かがその記録を破ると、次々にその記録を超える人が出てくる。誰かが破ることで心の壁が崩れ「あの記録は破れるもの」と潜在意識が目覚める。そして「あいつに破れるなら自分だって出来る」と発奮して記録が超越されていくのである。

　記録を破ると言う事は物理的数値だけでなく、心の中に持っている達成不能という思い込みをも破ると言うことなのである。

　水泳では、かつての男子の世界記録は現在の中学女子よりも遅い。しかし、当時はそれが壁だったのだ。それを破ったと言うことで、数字以上の価値を持っていると評価しなければならない。

（田育学「スポーツに見る心理学」育英社より）

---

28 肉体を鍛えても記録を超えられないのはなぜだと筆者は言っているか。

　1　記録を破ろうと言う目的意識がないから。

　2　できないと言う気持ちがブレーキをかけるから。

　3　肉体には限界があるから。

　4　合理的な訓練法ではないから。

29 記録を破るために一番大切なものは何だと筆者は言っているか。

1 合理的な練習方法。

2 冷静を保つ精神力。

3 できると言う自信。

4 肉体の訓練と開発。

30 以前の男子の世界記録が現在の中学女子にも及ばないのはどうしてだと筆者は言っているか。

1 以前の男子は世界的に現在の女子より非力(ひりき)だったから。

2 以前の訓練方法が非常に非科学的で効率が悪かったから。

3 以前の水着は現代のものよりも水の抵抗が大きいから。

4 世界規模でその速さが限界だと認識されていたから。

言語知識(文字・語彙)

☑言語知識(文法)・読解

聴解

（2）芸能人の「○○が○億円寄付」なんてよく報道されている。

それについては、もちろんいいことだと思う。

しかし裏を返せば「名声を○億円で買った」とも言える訳だ。

その名声があれば、また大金を稼ぐことができる。

30億円を持っている人がその内の1億円を寄付したとしても、その金額をまた稼ぐ事は別に難しいことではない。

要するに「単なる投資」とも見ることができる。

それに比べれば、30万円しかない無名の人が1万円を出すことのほうが、気持としてははるかに尊い。

なので、本当に善行がしたいなら、匿名で寄付をするべきなのだ。

しかし、もし匿名ならば名声は手に入らないから、○億円も出さないにちがいない。

彼らに善意がなく打算だけとは言わない。しかし、報道されているほどの美談ではないと言っても、別に過言ではないのである。

（梨本優「セレブたちの無責任発言」日本芸能社より）

[31] 「名声を金で買った」と言うのはどういうことか。

1 マスコミを買収して寄付を報道させる。

2 寄付のお金と引き換えにさらに有名になる。

3 有名であることを利用して多くの人を助ける。

4 マスコミから取材費用をもらって寄付する。

32 有名人が寄付したお金を稼ぎ返すのは難しいことではないというのはどうしてか。

1　元々お金持ちだと影響しないから。

2　彼らにとっては少額の寄付だから。

3　お金は名声についてくるものだから。

4　影響しない額だけを寄付しているから。

33 報道されているほどの美談ではないと筆者が言うのはどうしてか。

1　巨額の財産を持っている人にはたいした金額ではないから。

2　同じように寄付をする人はたくさんいるから。

3　寄付は心であって金額は関係ないから。

4　実名を報道されることによってまたお金が入ってくるから。

問題6 つぎの文章を読んで、質問に答えなさい。答えは、1・2・3・4
から最もよいものを一つえらびなさい。

　セルフイメージを育てる習慣。これは本当に価値があります（セルフイメージとは、
自分や自分の環境をどう見ているか？です）。

　セルフイメージは、育てるんです。周りは、①セルフイメージをへこますようなことを
言ったりします。

　ですから、自分で育てる必要があります。

　自分が持っているセルフイメージと、環境との差が、「幸せ」です。

　さらに細かく言うと、環境よりも自分のセルフイメージが低ければ低いほど不幸にな
り、環境よりも自分のセルフイメージが高ければ高いほど幸せになります。

　つまり、環境が基準になるんです。

　環境が恵まれているならいるほど、幸せを感じるためには自身のセルフイメージを育
てる必要があるんです。②環境が恵まれているほど、幸せのハードルは上がります。

　たとえば、芸能界でも自殺騒ぎはよくありますよね。

　周りからみたら③「あれほどに恵まれている人が何で」と言われます。

　出世してウツになる人は意外と多いです。

　環境よりもセルフイメージが低いと、人は不幸を感じるんですね。

　たとえば、発展途上の国で生きるのに大変な人は、不幸だとか思うでしょうか？

　生きるのも必死で、そんなことを考えないでしょう。ウツの人も少ないです。

　でもたまに、いつもよりご馳走ができたら、幸せを感じるでしょうね。

　家族の愛を感じることも多いでしょう。

　この場合、環境が低い分、幸せを感じやすい状況です。

　日本は環境が高い分、普通に生きていたらセルフイメージが追いつかない人が多
いのです。

　ですからセルフイメージというのは、幸せになるのに直結しているんです。

（三堀貴浩　「99％しあわせになる『映画の法則』」メールより）

34　①セルフイメージをへこますようなこととはどんなことか。

1　実際以上にほめすぎるような言葉。

2　本人の本質とはちがっているような言葉。

3　相手を批判して落ち込むような言葉。

4　言われても信じられないような話。

35　②環境が恵まれているほど、幸せのハードルは上がりますと言う文を言い換えると当

てはまるものはどれか。

1　環境がよければ不満がおきにくい。

2　いい環境のほうが幸せを感じにくい。

3　環境がよければ幸せを感じやすい。

4　幸せかどうかは環境では決まらない。

36　③「あれほどに恵まれている人が何で」に対する筆者の答えはなにか。

1　地位の高い人ほど見えない苦労が多いから。

2　恵まれているのは外見だけで、実際にはかわいそうなことが多いから。

3　苦労したことがなく、不幸に対する耐性がないから。

4　環境がいいと、少しくらいのことでは幸せに感じないから。

37　筆者によれば、環境のいい日本で不幸に感じる人が多いのはなぜか。

1　仕事が忙しく、生きる楽しみが見つからないから。

2　周りが同じように恵まれていて、自分だけ特別に幸せだと自覚できないから。

3　日本だけ恵まれていて、他の国は貧乏でかわいそうだと思うから。

4　自分より金持ちの人はまわりにたくさんいるから。

問題7 つぎのページは、カルチャーセンターの時間表である。これを読んで、下の質問に答えなさい。答えは、1・2・3・4から最もよいものを一つえらびなさい。

大学生のケンシロウさんは、知性と教養を身につけたいです。そこで、近所のカルチャーセンターで色々と興味のある項目を、いくつか集めてみました。

---

38 ケンシロウさんはこの中から二つ選んで、週3日以内、1日2時間以内の勉強をしたいです。月～金は午前から午後3時くらいまで学校の授業があり、予算は15000円以内です。条件に合うものはどれですか。

1 書道と絵画

2 書道と英会話

3 茶道と書道

4 華道と料理

39 半年学んでから、ケンシロウさんはアルバイトで空手を教え始め、資金の問題がなくなりました。バイトで疲れるので、今度は週2日以内、1回2時間以内にします。アルバイトの時間は、火・木・土の夜9時から11時です。今度の条件に合うものはどれですか。

1 英会話と絵画

2 書道と料理

3 茶道と華道

4 茶道と料理

◆ 阿部氏　カルチャーセンター ◆

茶道（お茶）	火曜	２１：００〜２２：００	１００００円（月）
華道（お花）	水曜	１４：００〜１５：００	７０００円（月）

◆ 日出部　カルチャーセンター ◆

書道	土曜	１５：３０〜１７：００	７０００円（月）
絵画	土曜	２０：００〜２１：３０	８０００円（月）

◆ 田和場　カルチャーセンター ◆

英会話	火・木	２０：００〜２１：００	８０００円（月）
料理	日曜	１１：００〜１３：００	１４０００円（月）

問題1 ◎ 17

問題1では、まず質問を聞いてください。それから話を聞いて、問題用紙の1から4の中から、最もよいものを一つえらんでください。

1番

1　魚をオリーブオイルにひたす

2　やきにくのたれを作る

3　パセリをきざむ

4　ぶたにくを小さく切る

2番

1 紙に書いてあるものを箱に入れる。

2 パンフレット300部を箱に入れる。

3 ホテルのよやくをする。

4 パンフレット300部をよやくする。

3番

1 小さいシールをはがす。

2 店のうらがわに行って、洗剤を持ってくる。

3 パッケージのうらがわにシールをはる。

4 箱を倉庫に持っていく。

4番
ばん

1 会社に戻る

2 図書館に行く

3 ネットカフェに行く

4 スーパーに行く

5番
ばん

1 カタログを10部コピーする

2 上半期の計画を10部プリントする

3 コンピューターのデスクトップにあるフォルダーを開く

4 石川さんに鍵を借りに行く

6番<ruby>番<rt>ばん</rt></ruby>

ア

イ

ウ

エ

オ

1　エ、　ウ、　ア

2　エ、　イ、　ウ

3　オ、　エ、　ウ

4　イ、　エ、　ウ

問題2 ◎ 18

問題2では、まず質問を聞いてください。そのあと、問題用紙を見てください。読む時間があります。それから話を聞いて、問題用紙の1から4の中から、最もよいものを一つえらんでください。

1番

1 値段が高すぎる

2 コーヒーはそんなにおいしくない

3 ケーキがおいしい

4 から揚げはおいしくない

2番

1 食事せいげんだけでは痩せられないから

2 今日だけは運動したいから

3 たまには息抜きがしたいから

4 体をもっと鍛えたいと思っているから

3番

1　ホテルのボーイ

2　きっさてんのレジ

3　駅のパトロール

4　ひっこしセンター

4番

1　たたみを減らす

2　物を箱に入れない

3　ぶつめつの日を選ばない

4　自転車やしょくぶつを減らす

5番
ばん

1　びようえきは水分が多い
　　　　　すいぶん　おお

2　びようえきはさらっとしていない

3　びようえきは肌にしみ込むのが遅い
　　　　　　　　はだ　　　　こ　　　　　おそ

4　びようえきは油分が多い
　　　　　　　　ゆぶん　おお

6番
ばん

1　グッピー

2　金魚
　　きんぎょ

3　ネオンテトラ

4　コリドラス

問題3 ◎ 19

問題3では、問題用紙に何もいんさつされていません。この問題は、ぜんたいとしてどんなないようかを聞く問題です。話の前に質問はありません。まず話を聞いてください。それから、質問とせんたくしを聞いて、1から4の中から、最もよいものを一つえらんでください。

―メモ―

1番

2番

3番

問題4 ◎ 20

問題4では、えを見ながら質問を聞いてください。やじるし（→）の人は何と言いますか。1から3の中から、最もよいものを一つえらんでください。

1番

2番

3番

4番

問題5 ◎ 21

問題5では、問題用紙に何もいんさつされていません。まず文を聞いてください。それから、そのへんじを聞いて、1から3の中から、最もよいものを一つえらんでください。

―メモ―

1番

2番

3番

4番

5番

6番

7番

8番

第 回

言語知識（文字・語彙）

—

言語知識（文法）・読解

—

聴解

—

限時 30 分鐘　作答開始：＿＿＿點＿＿＿分　　作答結束：＿＿＿點＿＿＿分

問題1 ＿＿＿＿ のことばの読み方として最もよいものを、1・2・3・4から一つえらびなさい。

1 火災の時には消火器^{しょうかき}を使う。

　　1　ひさい　　　　2　ひざい　　　　3　かさい　　　　4　かざい

2 製品を加工する。

　　1　かこう　　　　2　だこう　　　　3　くこう　　　　4　せこう

3 支度をしてでかける。

　　1　しど　　　　　2　しと　　　　　3　したく　　　　4　きたく

4 特徴を捉えて絵を描く。

　　1　つかまえて　　2　ふまえて　　　3　まみえて　　　4　とらえて

5 春になると花粉症が始まる。

　　1　かふん　　　　2　はふん　　　　3　はなこな　　　4　はなごな

6 好きな映画が、待望のＤＶＤで発売された。

　　1　たいもう　　　2　たいおう　　　3　たいぼう　　　4　たいぽう

7 配達に宅配を使う。

　　1　たくはい　　　2　たくぱい　　　3　たかはい　　　4　だくはい

8 企業を買収した。

　　1　ばいしゅう　　2　まいしゅう　　3　かいしゅう　　4　しゅうまい

問題2 ＿＿＿＿ のことばを漢字で書くとき、最もよいものを、1・2・3・4から一つえらびなさい。

9 入院してすっかりかいふくした。

　　1 開腹　　　　2 回復　　　　3 改福　　　　4 恢復

10 彼女はけびょうで休もうとした。

　　1 毛病　　　　2 気病　　　　3 家病　　　　4 仮病

11 彼女はミスしたのにすました顔をしている。

　　1 済ました　　2 住ました　　3 素ました　　4 澄ました

12 ホテルにとまった。

　　1 止まった　　2 留まった　　3 停まった　　4 泊まった

13 バイクの故障をなおす。

　　1 直す　　　　2 治す　　　　3 返す　　　　4 卸す

14 ロッカーの鍵をなくした。

　　1 無くした　　2 亡くした　　3 失くした　　4 泣くした

問題3 （　　　）に入れるのに最もよいものを、1・2・3・4から一つえ
らびなさい。

15 パソコンに文字を（　　　）する。

1　輸入　　　　　2　注入　　　　　3　入力　　　　　4　押入れ

16 課長は（　　　）とセクハラするからキライだ。

1　サラサラ　　　2　こねこね　　　3　ぐちぐち　　　4　ベタベタ

17 彼女は細かいことは気にしない（　　　）だ。

1　タイプ　　　　2　グループ　　　3　カテゴリー　4　ムード

18 60歳になるのに、黒髪が（　　　）して若々しい。

1　ふわふわ　　　2　べとべと　　　3　ふさふさ　　　4　もさもさ

19 このおばけ屋敷はよくできていて（　　　）な雰囲気だ。

1　不穏　　　　　2　不快　　　　　3　不思議　　　　4　不気味

20 針に糸を（　　　）。

1　渡す　　　　　2　通す　　　　　3　入れる　　　　4　はめる

21 お弁当に少し（　　　）をしてみた。

1　工作　　　　　2　工夫　　　　　3　創意　　　　　4　考察

22 がんばって成績が（　　　）。

1　のぼった　　　2　まがった　　　3　とんだ　　　　4　のびた

23 彼がテニス部に入った動機は（　　　）だ。

1　簡単　　　　　2　雑多　　　　　3　不純　　　　　4　無粋

問題4 _____ に意味が最も近いものを、1・2・3・4から一つえらびなさい。

24 キレイな風景を<u>ながめる</u>。

  1 写真に撮る　2 絵に描く　　3 じっと見る　4 文章にする

25 昨日は<u>寝過ごした</u>。

  1 遊んで暮らした　　　　　　2 遅く起きた

  3 早く寝た　　　　　　　　　4 早く起きた

26 あの人とは<u>かかわらない</u>ほうがいい。

  1 結婚しない　2 会話しない　3 関係しない　4 改造しない

27 <u>思いがけず</u>、友達と再会した。

  1 思ったとおり　　　　　　　2 願ったとおり

  3 偶然に　　　　　　　　　　4 楽しく

28 私はパソコンには<u>うとい</u>。

  1 嫌いだ　　　　　　　　　　2 よく知ってる

  3 よく知らない　　　　　　　4 大好きだ

問題5　つぎのことばの使い方として最もよいものを、1・2・3・4から一つえらびなさい。

29 取り次ぐ

1　この電話を社長に取り次いでください。

2　携帯にストラップを取り次ぐ。

3　ケーキに生クリームを取り次ぐ。

4　通信販売でほしい商品を取り次ぐ。

30 なるべく

1　梅雨のときはなるべく雨が降る。

2　なるべくエレベーターに乗らないで歩く。

3　なるべくすばらしいアイディアだ。

4　二時になるべく社長が来る。

31 乗り越える

1　駅を乗り越えたので追加料金を払う。

2　香港で中国行きの飛行機に乗り越える。

3　障害を乗り越えて成長する。

4　私の身長は兄を乗り越えた。

32 うるさい

1　忙しくて頭の中がうるさい。

2　私は着る服にうるさい。

3　この機械は構造が複雑でうるさい。

4　妊娠中でおなかの子供がうるさい。

33 裏

1　かばんの裏には注射器が入っている。

2　木の裏で涼む。

3　空の裏で飛行機が飛んでいる。

4　名刺の裏に住所が書いてある。

限時 70 分鐘 作答開始： ＿＿ 點 ＿＿ 分　作答結束： ＿＿ 點 ＿＿ 分

問題1 つぎの文の（　　）に入れるのに最もよいものを、1・2・3・4 から一つえらびなさい。

1 天気予報に（　　）明日は晴れるらしい。

1　なれば　　　　　2　よれば　　　　　3　すれば　　　　　4　くれば

2 「このショップは100円均一ですか？」「ええ、（　　）100円です。」

1　みんな　　　　　2　みんなで　　　　3　だれも　　　　　4　いっしょに

3 目の前に、（　　）続く青い海が広がっている。

1　どこからも　　　2　いつからも　　　3　どこまでも　　　4　いつまでも

4 相手に気を（　　）は悪いので、早めにおいとまする。

1　使って　　　　　2　使われて　　　　3　使わせて　　　　4　使わなくて

5 社員に（　　）、当然給料が高いほうがいい。

1　よれば　　　　　2　くれば　　　　　3　すれば　　　　　4　見れば

6 詐欺商法に（　　）。

1　引っ掛かった　　　　　　　　　2　引っ掛けた
3　引っ掛けさせられた　　　　　　4　引っ掛けさせた

7 （　　）食券を買ってから調理場で料理を受け取ってください。

1　まず　　　　　　2　あと　　　　　　3　いつ　　　　　　4　どうにか

8 お正月と（　　）餅を連想する。

1　言っても　　　　2　言う　　　　　　3　言ったら　　　　4　言っては

9 このオモチャはおととい買った（　　）だ。

1　ところ　　　　　2　まで　　　　　　3　だけ　　　　　　4　ばかり

10 （　　　　）、手にとってごらんください。

1　よろしいけれど
2　よろしければ
3　よろしいのに
4　よろしいとき

11 （　　　　）、あなたはあの有名人ですか？

1　もしかして　　　2　どうかして　　　3　なんかして　　　4　どうしてか

12 鍵がこわれてトイレに（　　　　）。

1　閉じ込めた
2　閉じ込めされた
3　閉じ込められた
4　閉じ込めさせた

13 在庫状況が（　　　　）確認してほしい。

1　どうなっているか
2　どうしているか
3　なにしているか
4　どのような

問題2 つぎの文の ★ に入る最もよいものを、1・2・3・4から一つえらびなさい。

（問題例）

君に ＿＿＿＿ ＿＿＿＿ ★ ＿＿＿＿ ある。

1 言わねば　2 ことが　3 ハッキリ　4 ならない

（解答のしかた）

1. 正しい答えはこうなります。

君に ＿＿＿＿ ＿＿＿＿ ★ ＿＿＿＿ ある。
3ハッキリ　1言わねば　4ならない　2ことが

2. ★ に入る番号を解答用紙にマークします。

（解答用紙）　（例）①②③●

14 今はまだ ＿＿＿＿ ＿＿＿＿ ＿＿＿＿ ★ 忘れる。

1 メモして　2 あとで　3 覚えていても　4 おかないと

15 遺伝子を ★ ＿＿＿＿ ＿＿＿＿ ＿＿＿＿ 母親は一人しかいない。

1 全人類　2 たどって　3 行くと　4 共通の

16 ネット社会による ＿＿＿＿ ＿＿＿＿ ＿＿＿＿ ★ 発掘に役立っている。

1 発達は　2 無名の　3 人材の　4 情報の

17 パソコンは ＿＿＿＿ ★ ＿＿＿＿ ＿＿＿＿ が消えてしまうことがある。

1 データ　2 故障して　3 便利だが　4 いきなり

18 日本では、四月には ＿＿＿＿ ＿＿＿＿ ★ ＿＿＿＿ 始まる。

1 新しい　2 ともに　3 桜が咲くと　4 年度が

問題3 つぎの文章を読んで、文章全体の内容を考えて 19 から 23 の中に入る最もよいものを、1・2・3・4から一つえらびなさい。

下は、ある小学生が書いた作文です。

私が今したいこと

翔子

UFOは見たことないけど、宇宙人はいると思うな。

19 、この広い宇宙で地球にしか生き物がいないなんて考えるほうが不自然だもの。

だから、昔から今まで宇宙人が登場する映画なんかがいっぱい作られているけど、それって可能性が高いと思う。

だけど、「宇宙人が地球を侵略してくる」なんてどう見てもありえない。彼らなら、もしそうしたければ 20 やっているでしょう？

例えば、火星に今原始人 21-a の文明を持つ生き物がいる 21-b 、地球人が侵略しようと思う？絶対思わないよね。大事に見守ろうとするでしょう、普通。「生きているものがいる」ってそれだけでうれしいことだし。だいたい、地球上でお互い戦争している私たちが異常なんだわ。

だから、宇宙人がいたとすれば、地球人を静かに観察していると思う。もしかすると、この地球は、もう宇宙人に支配されていて、彼らのサファリパークになっているのかも。

「野生地球人観察園」とか、「低知能生物自治区」みたいな名前になっていて、ポテトチップスを食べながら、私たちの低知能な行動を笑ってみているかもしれないわ。

だからあたしももし宇宙人を探し出 22 、ハルヒみたいに一緒に遊びたいって思う。

それで、彼らが私たちをどう見てるかを聞いてみたい。宇宙船にも 23 もらって、彼らの星に行ってみたい。

19

    1　そして   2　だって   3　さらに   4　しかも

20

    1　いまでも   2　なおさら   3　とっくに   4　少しは

21

    1　a　ころ　　／　b　のでも

    2　a　まで　　／　b　ことで

    3　a　みたい　／　b　はずで

    4　a　くらい　／　b　として

22

    1　して   2　したら   3　したとき   4　してから

23

    1　乗せて   2　乗って   3　乗った   4　乗ると

問題4 つぎの (1) から (4) の文章を読んで、質問に答えなさい。答えは、
1・2・3・4から最もよいものを一つえらびなさい。

（1）

下は、白血病にかかったある医者の発言です。

「抗ガン剤の副作用で、吐き気が強くて食事ができないときもありました。ま
た毛も全部抜け落ち、顔も水ぶくれのようにパンパンにはれあがりました。不安
から眠れない夜もありました。でも悪いことが頭に浮かんだら、その思考はいっ
たん断ち切って、いいことばかりを考えるようにしました。」

この後、彼は9ヵ月後にみごと病気に打ち勝ちました。

（ネットニュースより）

---

24 彼が完治した心理的要因は何だと思われるか。

1 薬の副作用に強かったから。

2 最悪の事態を想定して覚悟したから。

3 前向きに思考し抵抗力が上がったから。

4 何も考えずに自然でいられたから。

（2）

　米国のあるブログでは、日米のファストフードを比較して、栄養のバランスがとれていて、野菜も摂取できる日本のファストフードを勧めている（そばとか牛丼に味噌汁など）。

　日本のファーストフードは自然の食材を、事前に仕込むことで手早く調理できるようにしてある。それに比べて、米国のものは加工食材や人口調味料などを使用することで調理の手間（てま）を省（はぶ）いている。

　なので、味の面でも健康の面でも、日本の圧勝（あっしょう）なのである。

（ネットニュースより）

25　日本のファーストフードのほうが栄養や健康面で優れていると言うのはなぜか。

1　日本のファーストフードのほうが手早く調理できるから。

2　販売時の調理が簡単なだけで、体に悪い加工をしていないから。

3　日本のファーストフードもよくないが、欧米のよりはいいから。

4　日本のファーストフードは味よりも健康面を重視しているから。

（3）

下は、服についている説明です。

　この衣類は、天然の綿100％でできています。お洗濯の際には他の衣類、特に白の衣類とご一緒になされませんようにご注意ください。なお、本製品は洗濯後縮む場合がございます。

　金属部分が洗濯機内部を傷つける可能性がありますので、洗濯用ネットなどに入れてお洗濯ください。

　洗濯後、日の当たらない所で自然に乾かすのがいちばんいい方法です。

　また、機械で乾かす場合には完全に乾かさず、半分だけ乾いた状態で取り出すと縮みにくく、シワも取れるのおすすめです。

---

26 この衣類はどうやってきれいにするのが正しいですか。

　1　洗濯機を壊すので必ず手洗いする。

　2　縮むので洗わないでタオルでふくだけにする。

　3　洗濯ネットに入れ、他の衣類と一緒に洗わない。

　4　全部ぬらさないで、汚れたところだけ水をつけて洗う。

（4）

これは、岡田先生の卒業生のうちに届いた手紙である。

　　岡田先生の退任記念パーティーについて

　　岡田先生の退任記念パーティーについて、詳しいことが決まりましたので、お知らせいたします。出席するかどうかについて、7月中にお返事をお願いします。

　　日時：8月22日（金）午後7時〜午後10時

　　会場：浜松グランドホテル

　　会費：3,000円（先生に贈る記念品の代金500円を含む）

　　会費は、受付でお支払いください。当日は、会場に入るまえに受付を済ませてください。出席しない人は、記念品代の500円だけを、開催日時の10日前までに払ってください。

　　　　　　　　　　　　　　　　　　　　　　　　　　　木下（幹事）

---

27 パーティーに参加しない人は、何をしなければならないか。

　1　7月中旬までに返事をして、8月13日までに記念品代を払う。

　2　返事はしなくてもよく、8月12日までに、記念品代を払う。

　3　7月末までに返事をして、8月13日までに記念品代を払う。

　4　7月末までに返事をして、8月12日までに、記念品代を払う。

(1) 人は自分自身よりも、周りの見方で変わるものです。

例えば「ミス北海道」と言う美人コンテストがあったとします。

最後まで残った人たちは、みなどれもキレイな人ばかり。誰がなってもおかしくない
と感じられます。この時は、まだみんな一緒に見えます。

しかし「ミス北海道」が決まると、選ばれた人はその時から急に「その人以外に
はありえない」と感じさせるほど、飛び抜けてキレイに見え始めるのです。

最初は「信じられません」なんて言っていても、ふと我に返った時には無意識に
その肩書きにふさわしくなろうと努力し始めるのです。

それがあるから、仕草や表情などが一段と美しいものに変わっていくわけです。

これらは「ミス北海道」になれたからこそ必要な努力で、ならなければ要らないも
のです。ゆえに、肩書きで人は変わるのです。

(英里安「人はどうして一流になりうるか」月慶堂出版より)

28 「まだみんな一緒に見える」とは、どういうことか。

1 風格は一緒だが、まだ誰も「ミス北海道」の美しさは持っていない。

2 美しさでは一緒だが、まだ誰も「ミス北海道」の風格は持っていない。

3 美しさも風格も、みなが「ミス北海道」としてふさわしい。

4 決定前には、誰もが美しさも風格も「ミス北海道」とはなりえない。

29 それがあるからのそれとは何を指しているか。

1 ミス北海道の美人コンテスト。

2 参加者の誰もが美人であること。

3 選ばれた時からキレイに見え始めること。

4 肩書きにふさわしくなろうと努力すること。

30 筆者は「ミス北海道」に選ばれた人が以前より美しくなるのはどうしてだと言っているか。

1 周りの人がその肩書きを信じるから。

2 キレイな人しか選ばれないから。

3 本人が自覚するから。

4 厚化粧をするから。

（2）ある日、私は川沿いの芝生に寝そべって午後の陽光を楽しんでいた。

横には友達が。彼女はすやすやと気持ちのよい寝息を立てていた。私はちょっといじわるしたい気分になった。ふと、もし私がこの気持ちいいお日さまを独り占めしようとして、二倍デブになったらどうなるだろう？などと考えてみた。

でも、私が浴びる陽光の量が二倍に増えたからと言って、彼女に当たる陽の量が減るわけではない。ソーラーシステムを使ってもっとたくさんの陽を集めたところで、彼女の受けている陽の量はまったく変わらない。

そう、太陽はこれほど無限のエネルギーを、あたたかい陽光を、毎日惜しみなくみんなに分け与えているのだ。誰かを愛すると他がまったく見えなくなる私たち人間と比べて、その愛はどれほど大きく公平なのだろう？

「私は太陽のような女性になりたい」その時そう思った。

（沢口恵子「陽光の詩」日本芸能社　前書きより）

[31] 筆者が友達にいじわるしたい気持ちになったのはどうしてか。

1　仲のいい友達ではなかったから。

2　気持ちよさそうなのがうらやましかったから。

3　彼女の寝息がうるさかったから。

4　起こしておしゃべりしたかったから。

[32] 「誰かを愛すると他がまったく見えなくなる」と言う言葉が表現しているものと、最も近いのはどれか。

1　限られた人を愛すると他の人はどうでもよくなる。

2　限りある愛情だから一人の人だけに集中する。

3　誰かを好きになるとその人の欠点が見えなくなる。

4　恋愛をすると仕事や勉強に身が入らなくなる。

33 筆者が言う「太陽のような女性」とはどんな女性か。

1 太陽のように情熱的な女性。

2 太陽のように心が温かい女性。

3 太陽のように誰でも公平に愛する女性。

4 太陽のようにまぶしく美しい女性。

問題6 つぎの文章を読んで、質問に答えなさい。答えは、1・2・3・4から最もよいものを一つえらびなさい。

　料理やスポーツなど、過去に多くの人が長年練習しなければ習得できなかったことが、これからは時代の進歩に合わせて、どんどん指導の必要がなくなっていくだろう。無駄な修行をしなくても、簡単にそのコツを記録・再生ができるようになるだろう。

　例えば電極を頭にかぶせて脳指令を読み取り、目や筋肉の動きを記録する。そしてそれを別の人の頭にかぶせて同じ指令を送る。

　例えば、包丁の使い方がうまい人とか絵が上手な人は、別に特別な筋力や身体能力を持っているわけではない。どこを意識してどんな風に腕を動かすか、①それだけのちがいである。以前は先生が口で説明して手本を見せるなど、外側から真似するので時間がかかった。しかしこうしたことが実現できれば、外側から見て動作を真似するのではなく「達人の電極」を頭にかぶって内側の脳指令から完全に模倣できる。これを慣れるまで繰り返せば、②誰でもその技が習得できてしまうことになる。完全に覚えたらもうその電極は要らないので他の人にあげれば、どんどん同じ技術を持った人を量産できる。

　体操の月面宙返りなどの高難度動作も、ハードウェアに当たる筋力や柔軟性があれば誰でも、そのソフトウェア（技の要領）を入れることができる。そのハードウェアの鍛錬さえも、最も効率のよい方法で鍛錬できる時代が来るだろう。

　そうなると、寿司職人とか料理人とかアクロバットの芸人など、「個人の特技」はほとんど存在しなくなる時代が来るだろう。

（一文銭隼人「科学と生活」宇園出版より）

34　①<u>それだけのちがい</u>が指すものは何か。

1　個人的な筋力のちがい。

2　個人的な体型のちがい。

3　着眼点と操作のちがい。

4　先天的才能のちがい。

35　②<u>誰でもその技が習得できてしまうことになる</u>とあるが、過去から現在、多くの人が技術習得に苦労したのはどこだと筆者は言っているか。

1　先生と性格が合わないので練習しにくい。

2　外側から真似するので要領を得るまで時間がかかる。

3　才能がちがうので同じように練習してもできない。

4　教えるほうが特別な体を持っているので真似できない。

36　筆者の論点として合わないものはどれか。

1　体をハードウェア、要領をソフトウェアとして説明している。

2　むずかしかった脳指令も、未来には簡単に習得できる。

3　現代では、まだ要領よりも体の開発のほうがむずかしい。

4　特定の個人だけができる技はたぶん未来にはなくなる。

37　筆者の予想が当たった場合、指導者の立場はどう変わるか。

1　言葉が不要となるので、世界中で活躍できる。

2　一人が多くの芸事を身につけ、指導できるようになる。

3　ソフトは教えなくてよいので、ハードを教えるようになる。

4　練習はほとんど一人でできるので、指導者は要らなくなる。

問題7 つぎのページは、いろいろなアルバイトの募集情報である。これ
を読んで、下の質問に答えなさい。答えは、1・2・3・4から最も
よいものを一つえらびなさい。

今はインターネットで、様々な求職活動ができます。中国からの留学生仲間
がいろいろ調べて、次のようなところが見つかりました。

---

38 北京からの留学生、林さんは25歳の女性です。実家は裕福_{ゆうふく}なのでお金にはこだわり
ませんが、できるだけたくさんの日本人と接するアルバイトをしようと思っています。勉
強が忙しいので時間はあまり多くないほうがいいです。林さんに最も合う仕事はどれで
すか。

   1　京美中国語学院

   2　宝島貿易

   3　家庭教師

   4　秋葉電気

39 台湾からの留学生、陳さんは38歳の男性です。日本語はもうかなりうまいので、勉強
の時間はあまり要りません。それに、もちろん台湾語も得意です。なので自由な時間を
使って、できるだけ収入のいいアルバイトがしたいです。陳さんに合う仕事はどれです
か。

   1　京美中国語学院

   2　宝島貿易

   3　家庭教師

   4　秋葉電気

		仕事の内容	給与
1	京美中国語学院	当校は、アルファベット（拼音）も注音符号も、簡略字も繁体字も教え、中国本土から東南アジア諸国に広く通用する中国語を教えています。 資格は、ネイティブの北京発音ができる人ならば性別年齢を問いません。 文字は、教える分だけ予習すればよいです。 未経験者も歓迎いたします。 週1回、1時間のレッスンから。 好評ならクラスが増えます。	未経験者時給1800円、経験者2500円〜。 交通費支給。
2	宝島貿易	当社は、台湾および東南アジアを主に、繁体字（旧漢字）を使ってメールのやり取りをしたり電話を受け付けたりできる人材を探しています。 中国標準語のほかに、台湾語や広東語のできる方を優先します。 国籍は問いません。 週2日、1回2時間ていど。	時給1200円から。 経験により昇給あり。 交通費込み。
3	家庭教師	当人48歳会社員（男）、未婚です。 仕事の必要があるため、中国語教師を急募します。 女性限定、さらに若くてルックスもよければ理想です。国籍は問いませんが、日本語の日常会話ができる方。 場所は会社近くのカフェでお願いします。 週1回、60分。	時給2000円。 交通費とカフェ代は実費。
4	秋葉電気	当店では、中国語で商品の説明や接待ができる店員を募集しております。 そのほかに、海外との受注や発注ができる方。 電話で中国語でやり取りができることが必要となります。 国籍、性別は問いません。 週5日、1回4時間以上。	時給1200円。 交通費支給。

問題1 ◎ 22

問題1では、まず質問を聞いてください。それから話を聞いて、問題用紙の1から4の中から、最もよいものを一つえらんでください。

1番

1　かみに1えきをつける

2　かみに2えきをつける

3　プラスチックの板にかみをはさむ

4　1えきと2えきを作る

2番

1 販売台数のじっせきの資料をまとめる

2 資料室に行く

3 会議室に行く

4 商品の説明を書く

3番

1 工場長にあいさつ

2 きかいの点検

3 会議

4 作業場のしさつ

4番

1　水を火にかける

2　皿を洗う

3　スープを作る

4　スパゲッティーをゆでる

5番

1　バスケットボール、バレー、卓球

2　卓球、野球

3　野球、バレー

4　卓球、バドミントン

6 番

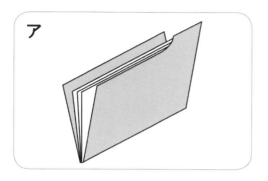

ア

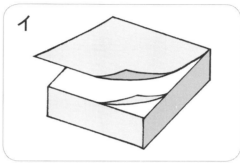

イ

ウ

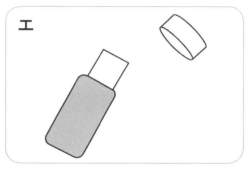

エ

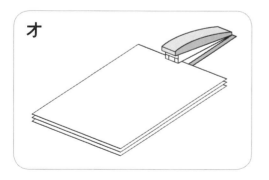

オ

1　ウ、エ、オ

2　イ、エ、ア

3　ア、エ、イ

4　エ、イ、ウ

問題2 ◎ 23

問題2では、まず質問を聞いてください。そのあと、問題用紙を見てください。読む時間があります。それから話を聞いて、問題用紙の1から4の中から、最もよいものを一つえらんでください。

1番

1　ステレオ

2　ステレオ、コンピューターデスク

3　ステレオ、コンピューター

4　洗濯機

2番

1　いつ人に見られても恥ずかしくない状態

2　いつもお客さんが来るので散らかりやすい

3　いつも決まった場所しか掃除していない

4　毎日掃除をしないといけないぐらいに汚い

3番

1　壁のところ

2　角

3　玄関の近く

4　タンスのそば

4番

1　だいじな書類をなくしたから

2　だいじな書類をなくしたことを早く言わないから

3　だいじな書類が他の書類にまぎれていないかちゃんと見
　　ないから

4　誰もしないような失敗をしたから

5番

1 高くてもいいから、内容のいいプランDにした

2 時間が有効に使えるプランBにした

3 高くてもいいから、食事のおいしいプランBにした

4 集合時間がよくないけど食事のおいしいプランAにした

6番

1 パパラッチョ

2 北沢屋

3 勝田

4 向かいのハンバーガーショップ

問題3 ⊙ 24

問題3では、問題用紙に何もいんさつされていません。この問題は、ぜんたいとしてどんなないようかを聞く問題です。話の前に質問はありません。まず話を聞いてください。それから、質問とせんたくしを聞いて、1から4の中から、最もよいものを一つえらんでください。

―メモ―

1番

2番

3番

問題4 ◎ 25
もんだい

問題4では、えを見ながら質問を聞いてください。やじるし（→）の人は
何と言いますか。1から3の中から、最もよいものを一つえらんでくださ
い。

1番
ばん

2番
ばん

3番

4番

問題5 ◯ 26

問題5では、問題用紙に何もいんさつされていません。まず文を聞いてください。それから、そのへんじを聞いて、1から3の中から、最もよいものを一つえらんでください。

―メモ―

1番　　　　　　　　**7番**

2番　　　　　　　　**8番**

3番

4番

5番

6番